格桑花开

GESANGHUAKAI

王静敏◎著

西北工业大学出版社

GESANGHUAKAI

发国旗

扎西德勒

宣讲

启蒙

在希望的田野上

"切玛"与"德格"

"敬你一碗青稞酒"

传统美食"推"

民居一角

慰问

筑路

家纺

藏香塔泥

竞猜

酒杯上的酥油叫什么？

横梁上的白点为什么？

墙壁上的东东是什么？

牛耳上的小花干什么？

打油诗

那山那水那狗那肠；

山不转哪，水在转；

水不转哪，狗醉了；

狗不醉了，鞋坏了；

看着那肠，吃不着！

热闹的微信群

群众性文艺活动

经幡

草牧

前　言

谋长久之策，行固本之举。面对新形势下西藏的特殊区情，自治区党委高瞻远瞩、高屋建瓴，从战略和全局的高度，做出了在全区开展创先争优强基础惠民生主题教育实践活动的重大决策部署，从2011年开始每年选派2万多名优秀干部组成工作队，进驻全区5400余个村（居）开展创先争优强基础惠民生活动（驻村工作），扎实推进"五项任务"（建强基层组织、维护社会稳定、寻找致富门路、进行感恩教育、办实事解难事）。同时，把驻村工作作为培养锻炼干部的重要平台，极大地增强了广大干部基层工作的能力。可以说，驻村工作是贯彻落实党的十八大和十八届三中、四中、五中全会精神的有效途径，是贯彻落实"治国必治边、治边先稳藏"重要战略思想和"依法治藏、富民兴藏、长期建藏、凝聚人心、夯实基础"重要原则的有效途径，拉近了干群距离，凝聚了党心民心，夯实了基层基础，促进了全区发展。

驻村工作开展以来，驻村同仁们坚持党性原则，牢记使命嘱托，充分发挥直接面向群众、直接接触群众的优势，严格自身要求，克服重重困难，把握工作重点，创造性开展工作，坚持做到与群众同吃、同住、同劳动、同学习，坚持做到下得去、蹲得住、干得好、见成效，得到了西藏广大人民群众的一致拥护和由衷赞誉。驻村工作中涌现出来的一个个生动感人事迹也常见诸报纸、电视、广播等新闻媒体，更有个别以驻村工作为背景的小说出版。这本《格桑花开》，笔者以纪实的手法，以在根比村开展驻村工作为主线,以走村入户的亲身体验,简要记载了拉萨市广播电视台第四批驻根比村工作队(2014年11月—2015年5月)的驻村工作经历,所见所闻,所感所悟,尽力把看似枯燥乏味的驻村工作描写得有肉有血、生动活泼,真实体现出党的群众观点和群众路线,以及浓浓的百姓情怀。

本人所在的根比村驻村工作,可以说是尼木县乃至拉萨市、自治区驻村工作的一个缩影。阅读本书,不仅对根比村驻村工作有大致的了解,也对全区整个驻村工作有基本的了解,对当地风土人情有众多的了解,对我们党给予西藏的特殊关怀有更好的了解。借此机会,我向坚守在驻村一线的同仁表示亲切的问候和良好的祝愿,道一声"辛苦了"!

《格桑花开》是一首歌,清脆悦耳,洋溢着青春激情;

《格桑花开》是一幅画,凝心聚力,践行着群众路线;

《格桑花开》是一杯茶,浅酌溢香,充满着正面能量。

《格桑花开》值得一读!

著　者

2015年6月

目　　录

1	光棍节
3	驻村点
6	幸福如此简单
7	家访
10	厨房锁事
11	双"十二"
13	新居
15	无声的教诲
18	酒
20	干杯的小男孩
22	象棋爷爷
24	寂寞的理解
26	回忆
34	慰问
36	尼木新年
38	作客
40	春联
43	2015年的第一场雪
44	问题来了
46	切玛盒
47	团圆饭
50	挂像
52	再说碗

54	宣讲
58	狂吠的母狗
60	垃圾
63	小狗根比
66	知名品牌
68	请为他们点赞
71	联户长的手机
74	雪域精灵
77	热闹的微信群
79	从开油票想到的
81	雷锋日
83	原则与风格
85	大厨都是男的
89	神级别的科员
91	阿南
96	让他们"疯"一次
99	相聚难
102	站在别人的立场
105	11公里的快乐
107	说者无意　听者有心
111	就怕村民来敬酒
113	由石头引发的思考
116	善行义举
117	苦命的女人
120	取经
122	藏历新年的由来
124	习俗
127	小插曲

129	"3·28"西藏百万农奴解放纪念日
132	温暖
134	在希望的田野上
137	原始青稞的味道
139	251公里 为了一碗米线
141	遗憾
142	团队
144	后记

光 棍 节

2014年11月11日，双"十一"。我们带着兴奋、彷徨的心情上路了，去尼木县吞巴乡根比村接替第三批队员开展驻村工作。

这天，又被称为"光棍节"。是一个难得的日子，一年只有一次。可对于我们来说，这日子又是这么戏剧化，怎么偏偏是这天呢？11月11日，四个"1"，预示着我们成了一个"棍"，一个"光棍"。的确，远离家人，远离熟悉的环境，前往陌生的地方，我们都是新的一个"1"，一个个新的个体，要开始完全新的生活。不过，把这个"1"重新组合，我们四人又组成了一个新的团体，四个"1"首尾连接起来就是汉字中的"口"字！我们是一"口"之家，我们是一个不能拆开的集体。

第一次驻村，心里有些许的激动！

上午九时许，我们从市电视台出发。看着车窗外斑驳的景物迅速地飞向后方，来不及看清他们的面目，转瞬即逝。车，向着尼木的方向快速

行驶——高速公路——检测站——曲水大桥——茶巴拉——桃花村——吞巴乡——根比村,接下来就是险要的上山路。

上山路,蜿蜒曲折,尘土飞扬,空无一人,车轮滚滚,风声呼呼,何时到达?看看手机,信号搜索中,时有时无!莫非只有当信号全无时便是我们的目的地?此刻似乎也忘记了在悬崖峭壁边行驶的风险,此刻生命的安全已似乎不太重要,重要的是有没有信号。都说勇者无畏,我们畏惧的是没有办法和外界联系。对家人的牵挂、朋友的思念顿时涌上心头,失落、失望的心情油然而生,可又能怎样呢?下车?岂不是更危险!只有按捺住自己的焦躁不安的情绪,唯有等待是最好的选择。

在十几分钟的上山路,看手机的频率超过了数十次,各种艰难无助的画面频繁浮现在脑海里,就在这十几分钟里,最活跃的估计是我们的思维。

驻 村 点

车子在半山腰停了下来。

到了？是的！眼前山坡上矗立着几座土坯房，正中间插着五星红旗的便是我们的驻村点。环顾四周，山，除了山还是山。再看看手机，还好，信号弱却有点儿，心里平静了许多！

这可如何是好？如何到房子里去？没有路。与其说是一个山坡，不如说是一个石崖。驻村点是在这上面建起来的。当下，如何把行李拿上去？这样的石崖，别说搬行李，空着手也难爬上去。大家互相看看，都惊叹于这些建房者的智慧，喊道："我们咋上去啊！"

在我们苦于无奈时，队长在石崖边看了看，然后抬起脚在石崖一个低洼点踩稳后，又巡视下一步可以踩脚的窝点，一步一个

石印，小心翼翼地迈着步。他打了头阵，大家也都拿了行李照着他的模样慢慢地走上石崖。

　　还没等我们进到屋子，一只欢快的黑色母狗从驻村点窜出来，不停地向我们摇尾巴，像是欢迎我们的到来。它就是我们上批驻村队养的狗，真是狗通人性啊，即便我们第一次来，它似乎已经嗅到我们的气息，知道我们是即将陪伴它并给它喂食的新主人。驻村工作队员换了一批又一批，唯有这只母狗一直在这里坚守。

　　据说，这是村里以前的教学点，共有3间，呈L型分布：一

间厨房，一间办公室，一间卧室。另有一个厕所。因有两个女队员，所以办公室也兼做我们女同志的卧室。厨房和另一间卧室的房顶都是用塑料纸搭起来的，房子里还有用木头支起来的柱子，简单的锅碗瓢盆、折叠钢丝床、桌子还都是有的。办公室里的房顶是用三合板订起来，和那两间比起来真是豪华了许多。厕所，在拐角处，外面钉了半个木板，里面有两个坑，就是他们说的旱式厕所，不用冲水，人蹲在坑上，下面就是便池，可以感受到下面的大风，真是他

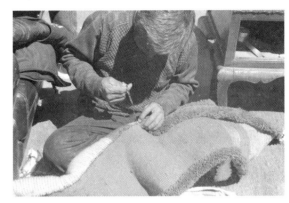

们说的透气、节水。好在，巴掌大的院子是用水泥铺了。

来来回回数十趟，等我们把车里的东西全都搬到屋里后，全身像散架了，也不顾外面的风有多大，地有多脏，一股脑坐在水泥地上，喘着气，再拿出手机看了看，彻底心凉了——没有信号。

前方是什么呢？等待我们的又会是什么呢？没人知道。一切都是未知。未知也有可能带来惊喜，也有可能带来恐慌。没有消息就是好消息，未知便是一切皆有可能。

幸福如此简单

好在有电,有水,驻村点的小灵通还有信号。新的生活已经开始。小灵通——联系外界;水——自来水,不用下河挑;电——用处多,电脑、手机、冰箱都可以用。菜——必须开车去十几公里外的尼木县城买,这是唯一麻烦的。所以,我们每次都买上好几天的,拿回来放冰箱里。值得庆幸的是冰箱外表看起来破旧,但还是可以用的。

就在大家好像习惯了这样简单的生活,突然停电了,一连几天,简报发不出去、电视看不了、手机充不了电、晚上只有点蜡烛。恰在此时水管也冻住了。没电没水的日子,又使原本坚强的心开始嘀咕。而当来电来水时,大家欢呼雀跃,幸福指数突然上升,原来幸福真的很简单,只要有水有电便可。老辈人说只有经历过三年自然灾害,才知道粮食的可贵。的确,只有经历了苦难,才知道幸福的简单。当你连基本的衣食住行都保障不了时,何谈理想抱负、何谈修身齐家治国平天下呢?当然,也有身无分文、心忧天下的!

基层的生产生活条件确实需要下大力气改善!

家　　访

家访，了解社情民意，增近干群感情，掌握村户的第一手资料。

走村入户开展家访工作，是我们工作队每月每周都要做的事，是上级党组织及强基办的具体要求，也是尽快进入角色、熟悉驻村工作的捷径。

刚来的头几个月，我们几乎每天都在家访。每天访问五六家，访问的具体内容基本大同小异：

"家里有几口人？"

"土地有多少？青稞产量怎么样？有没有种玛卡等净土产品的意愿？"

"住房是安居工程吗？补助拿到手了吗？"

"就业情况怎么样？有外出务工的吗？"

"牲畜有多少？每年有出栏吗？愿不愿意养殖藏鸡？"

……

期间，也宣传一些党和国家的方针政策。如党的十八届三中、四中全会精神，区市八届六次全委扩大会议精神，以及相关强农惠民政策，等等。

有些问题，我们真有些不好意思开口，如"家庭收入有多少？家里有没有欠款？"，要是在有些地方，人家会白你一眼，怀疑你是坏人，要打他主意呢！每一个朴实问题，都能听到群众坦诚的回答。那质朴、真切的眼神里透露出一种信赖和感动，透露出一种平平淡淡的真善美，经济欠发达的地方，人情味或许更足。

有次家访，给我留下了深刻的印象。我们随意向一位老党员问村里党员模范带头作用发挥得怎么样。不知是不是老同志没听清我们的问话，他的回答是"党员就是永远跟党走的人"，看似答非所问，却寓意深刻丰富，令人回味无穷，这或许就是他对党员的理解吧。

村民是朴实的，村民是真诚的，村民是热情的，暖暖的人情味在村民的家里变得更加厚重。每次家访，只要一进门，他们就会招呼你坐下，给你递上热腾腾的茶，这家是酥油茶，那家是甜茶，再一家又是清茶。你说不喝了，村民还是热情地给你倒上，然后不停地给你斟满，你不喝，村民还会劝你喝，然后又给你斟满。这里每一家都是这样，以至于我们走访到五六家过后，肚子已被茶水填得满满当当，最后都有些害怕再进下一个村民的家，害怕他们的热情，害怕他们再给我们倒上满满的茶。

人情厚如毡，这里村民太热情了！

厨房锁事

有人的地方或许就有矛盾。即便只有四人的小集体，也难免会有些矛盾，当然都是些鸡毛蒜皮的小事。或许大家都不太会干家务吧，谁天天洗衣做饭？而来到这，没有食堂、没有饭店、没有商店，想吃得自己做。可是要让大家自觉做饭洗碗却是件难事。做一两顿饭、洗几次碗都还可以，可时间长了谁愿意呢？每次吃完饭，大家都顺口一说"先放着吧，休息一下"，可是就是没人洗碗。到了第二天，做饭的人要下厨做饭了，怎奈没有干净的锅碗，只得自己洗。就这样，做饭洗碗全在一人手里，真让人气得慌。也就是那句老话：一个和尚挑水喝，两个和尚抬水喝，三个和尚没水喝。直到那天爆发了，说你们洗洗碗啊，别老让我们做这些事，都相互分担点吧。其他人才开始极不情愿地把堆积成山的锅碗瓢盆洗洗。可是到了第二顿，碗还是照旧不洗。不知，在他们心中，女人是不是天生就是洗衣做饭的，男人就当什么也不干？女人也在想，我都做饭了干嘛还要再洗碗呢？这也太不公平了吧。现在都什么时代了，男女平等，女人不是天生洗衣做饭的。就这样，大家心生埋怨，都觉得真是没意思。提了意见，怕伤和气，没人直说，轻描淡写、不痒不痛地说一下，还是照旧。最后总结就是刚开始还没步入正轨，等以后再说。一个月了，还没步入正轨，那就等吧！

双"十二"

又是一个玩笑的日子。12月12日,双"十二"。我们要搬家了,搬到山下新建的村委会,条件要比山上好点:太阳不用11点后才看得到,房子也是平房了,还在318国道边上,去县里买菜都还方便些。的确是个值得期待的地方。

双"十一"我们搬进驻村点,只是带了些自己的行李,而双"十二"我们可不仅仅是搬

行李这么简单,是要搬家,把整个驻村点的家当(不用"家具"而用"家当",不仅是因为那几件东西算不上家具,更因为我们把每件东西都看成自己的宝贝,缺一不可)都要搬到山下去啊,这可是一件大事,我们四人很难完成。最后,村书记次达让一三组的村民在山上帮我们把家当搬上车,二四组的村民在新驻村点卸家当,多亏了这些朴实的村民啊。

从早上忙到下午,我们在装完最后一批家当,准备动身启程时,才发现我们忠实的黑狗,不见了。

"带它走呢?还是不带?"

"还是带走吧,估计也不会有人喂养它的!"

"再说了,我们和它也有了感情!"

"它可是我们的一员啊!"

找了半天,狗找到了。可是它却怎么也不上车。还是队长次扎有办法,用哈达把它栓住,拉上我们的车,让它坐在座位上,体验一下坐车的感觉。果然,它很顺从,真是通人性啊。就这样,我们四人加上一只黑狗,驱车前往我们幸福的新居。

呆在山上这段时间,不知谁给黑狗起了个名儿,叫白央。也不知道为啥给狗起了这名,只听说我们下一批的队长可能是白央,也或许是我们的黑狗太可爱了吧,拿它与白央联系

起来。阿佳白央是我们电视台的"台柱子",工作很积极,人长得漂亮,对人很亲切,一张笑眯眯的脸,大家都喜欢她。不管别人怎么叫,我是不愿意这么叫的,一次也没叫过,不管怎么说,也不能把姐姐的名字用在狗身上。所以我一直叫它黑狗。

新　　居

　　风儿在向我们挥手，作别天边的云彩……

　　一路欢歌，我们来到了新居。几座平房组成了一个L形状，坐落在院子北边。院子周围一圈的太阳能、风能路灯，让人顿时感觉到了都市的气息。院落的西南角正在筹备建设炒青稞房。告别了土坯房，敞亮的平房，让我们心生欢喜。只是这沙石院落加上常年的大风，只能让我们屏住呼吸跟大家打着招呼。

　　从右至左，L形房屋顶头第一间房是村书记的，第二间是村第一书记的，第三间是我们两个女同志的卧室兼驻村办公室，第四间是队长次扎和司机旦增住处也用作客厅，第五间也就是拐角处，是村委会和我们驻村工作队的公共厨房，拐过去的那间是村会议室，旁边的两间村里用作仓储。厕所在房屋的后面，仍然是旱厕，坐西朝东。它的南边有一栋两层小楼，面向公路，

作商品房还是留作他用，目前我们还不知晓。

我们新居的不远处就是雅江，一江之隔却是日喀则市仁布县的一个村落，有简易钢架桥通向对岸。突然想到，以前交通不方便，在这样的地理位置，是否演绎过一场美丽的爱情故事？小伙对姑娘心仪已久却见不了面，只好在河边招手凝望、互唱情歌？正如那首诗：

> 我住长江头，君住长江尾；
> 日日思君不见君，共饮长江水。
> 此水几时休？此恨何时已？
> 只愿君心似我心，定不负相思意。

也许有，也许没有。即使没有鲜花小草，这满地的石块、牛粪和枯萎零散的灌木，比起山上的悬崖峭壁、山外之山、飞沙尘土，这仍然是一个可以让人感觉诗情画意的地方。

无声的教诲

安顿了下来,又要开始适应新的地方。现在还得加上适应新的人和事。

村委会也是刚搬下来,村支书和第一书记、还有各村组长和村民,都来这里搬东西,整理房间。让平时冷清的院落顿时热闹起来。干了活就要吃饭啊,没有饭馆就得自己做。这次做饭的是村妇联主任阿佳金珠和另一个阿佳阿南。不得不说的是,她们的勤劳让我曾怀疑过这样的理论:女人天生就是要给男人们洗衣做饭的。

在山上,我们工作队走访时,阿佳金珠和阿南经常帮着做饭。阿佳金珠见到我们就说:"尝尝我们农村做的饭。"即便当时我们四人都已吃过了,可是盛情难却,还

是吃了。即便吃一点,她们也很高兴,认为我们这些下派的同志没有嫌弃她们。不吃,不论你有多少理由,可能都会觉得你在嫌弃她们。同吃、同住、同劳动、同学习,说起来容易,做起来真不是那么简单。有时即使你吃不了、住不了、干不了,你也得吃点、住下、干些,这样才能更好地与群众真正打成一片,群众心

里才更理解、更舒坦。

疑虑在一次自助餐后消失了。

搬到新居委会后,我们没有单独的厨房,只能和村委会共用。锅碗瓢盆都混在一起,案上的瓶瓶罐罐也是乱作一团,看起来就好像战场一样,凌乱不堪,让人头疼。以前四个人都把厨房搞得乱七八糟,如果天天都这么多人,该如何是好?难道还要像在山上那样,堆成几座山后再洗,又谁洗呢?阿佳金珠做完饭后,叫我们和村委会的村民一同吃,再一次感受到了她们的热情。我们也不再客气,拿着餐盘和村民一起吃。吃完,阿佳叫我们坐那里和村民们说说村委会的事。等我们聊完天,去厨房烧水,才知道两位阿佳把锅碗瓢盆都一一归整了起来,所有放在厨房的东西没有彼此,全部放在了一起。先不说以后会出现什么情况,但是她们的做法着实给了我们教育。我们不知如何入手去打扫厨房，而她们却用一颗朴实的心去清扫眼下的凌乱，让一切变得都那么井然有序，这让我们驻村的同志有些汗颜啊。真是应了那句话：群众的智慧是无限的。把复杂的事情简单化叫科学。在我们还在犯嘀咕的时候，两位阿佳用她们勤劳的双手告诉了

我们答案。何况搬家这种事也不是天天有，也不是天天都人多，只要理顺了，其它的事也会迎刃而解。女人的勤劳不是男人懒惰的理由，合理的安排才是促进工作的关键。

酒

酒。村民自酿的青稞酒。

家访时,村民用青稞酒招待我们;劳作后,村民用青稞酒解渴;吃完饭,村民要喝上几杯青稞酒消遣享受下生活。

酒。我们的啤酒。队长次扎、队员索曲、第一书记索平平时都喝听装百威。不过队长倒是自己带了点从拉萨买来的德国白啤酒。村书记次达每次都喝瓶装百威。司机旦增喜欢喝听装拉萨啤酒,而且是在晚上喝,至少八听。而我,很少喝酒,大都以水代酒。

酒,作用很多。欢庆时举杯同乐,悲伤时情感宣泄,劳累时解困去乏,高兴时勃勃兴致,寂寞时举杯独酌,郁闷时杜康解忧。在村里,酒的作用更是发挥得淋漓尽致。村民敬你青稞酒,我们敬他啤酒,方显尊重;两位书记和我们谈工作,谈着谈着就上了酒桌,酒喝了,工作谈了,人也醉了;有朋友来慰问的,有的自带酒水,有的没带,不管带不带,喝酒是免不了的，干了这杯，"哥们受苦了"，"兄弟谢谢你"，酒是培养感情的良剂，没有它是万万不能的；只有我们四人时，酒也可以让这无聊的日子欢动起来，度过那一个个漆黑的夜晚。

酒，也有惹事的时候。有时候喝高了，生活中、工作中的一些不顺心、不愉快，就不自觉地倾洒在酒中，相互指责，有时甚至拍桌子不欢而散，伤了身体、伤了感情、误了工作，不

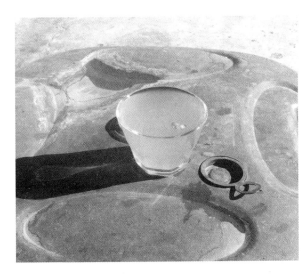

是有句话叫酒后误事吗？有的人觉得，好些工作都是在酒桌子上"喝"出来的，殊不知酒桌上的话大都不能当真的。所以还是我这种不喝酒的人，轻松自在、没有负担。

干杯的小男孩

在我们两批工作队交接工作时，有个小男孩特别引人注目。他就是阿佳金珠的儿子。他，可是要值得说道说道的。

交接工作后，大家一起吃饭，免不了觥筹交错，相互敬酒，小男孩刚开始很害羞，可没过一会，他就听妈妈的话给大家倒起茶水来。后来他开始用可乐跟每位碰杯，而且一饮而尽，他喝可乐的样子，很豪迈。也不知谁起了头，叫他县长，说好好培养一下，以后真是个人才，有可能就是尼木的县长。后面大家都开始这么叫他。的确，这小孩，不像其他孩子认生，喝可乐的干脆劲真有那么一股大将风范。

还有一次，小男孩的举动让人刮目相看。那天，技术部的七八个人来村里慰问，中午吃完饭后，大家围坐在一起喝茶喝酒聊天。也不知什么时候阿佳金珠和儿子也过来了。阿佳金珠是个勤快人儿，一来就忙里忙外的，小男孩一人无聊，也凑过来玩。他看到大家都在互相敬酒,也拿起杯子,阿佳金珠倒了些青稞酒,让儿子去喝。此刻,我们的聚会就变成了他的舞台。只见他拿着杯子,倒满青稞酒,一个个敬酒,不管认识不认识,也不管你喝的是酒是茶,他一个都不落下,挨个敬,而且没有一句话,就和你干杯,然后仰头喝干。在座的无不被他的豪爽逗得捧腹大笑。他敬完一圈后,又跑去玩骰子,拿着装骰子的碗,啪啪地学着大人的模样。

之后也接触过几次,问问怎么没上学?阿佳金珠说村里没幼儿园,只有乡政府附近才有,较远,幼儿园不能住校,往返20多公里路程,家里人手有限,加之交通不便,每天接送有很大困难,他自己也不愿意上,只好到哪就把他带上。

这的确也是个问题——孩子不愿上学是个问题,交通不便是个问题,家里缺人手是个问题,幼儿园太远是个问题,家长怎么做也是个问题……但我们不能让孩子荒废了,孩子的模仿能力很强,过早地把大人闲暇娱乐的场景刻进脑海,以后他在接受教育时,估计很难回到课堂上了。

再苦不能苦孩子。孩子是祖国的花朵,需要精心地呵护,也更需要大人正确的教导。家庭的、社会的,要给予更多的关注,想方设法为孩子创造条件,让孩子接受良好的教育,为孩子成长成材打下基础。

象 棋 爷 爷

象棋爷爷。之所以这么称呼他，不是因为他是象棋高手，而是作为一名藏族群众，在这么偏僻的村落里，他竟然会下象棋，真是让我们感到意外。

我们在山上住时，他经常过来聊天，得知他是天路公司的退休职工。天路公司在这里修路时，他和现在的老婆认识了，然后在根比村安了家。每次来驻村点，他和我们都能聊好久，到了吃饭点，留他吃饭，他也不吃，甚至一说吃饭两字他扭头就走了。聊天中得知他去村里聊天的时候少，有时聊不到一起，和我们聊天还能说到一起。是呀，毕竟他和外界接触得比较多，知道的信息也比村民多，思想眼界认识都不太一样。后来他拿来象棋和我们下。可是我们都不是他的对手，每次他都很开心。

老年人，老了就图个兴趣，兴趣还要用得上，我们工作队也算是他施展特长的地方，为老人家的生活平添一丝快乐。

那天，象棋爷爷来串门，得知我们要搬家，眼神里明显流露出失望和不舍。的确，我们走了，没人陪他聊天下象棋了，好不容易建立起来的生活乐趣就这样无情地被我们的新居给"毁"了。

在我们搬家的第二天早晨,他还来新居给我们打了个招呼,然后又走了。也许他想说很多话,想让我们陪他聊聊天,陪他下棋的,可他却什么也没说。看到他转身的背影,我突然觉得自己做错了什么事,应该问问老人家有

什么需要帮忙的。可是,话到嘴边却怎么也张不开口。

"老吾老以及人之老",老有所乐、老有所依,让老人安享晚年,除了衣食住行外,我们更要注重他们的精神世界。村里如果有文化活动室,或是定期组织一些文娱活动,让群众尤其是老人参与其中,让精神世界都丰富起来,我想象棋爷爷也不会再孤独,也不再会留恋我们吧!

寂寞的理解

"远方除了遥远一无所有,更远的地方,更加孤独,远方的幸福,是多么痛苦"。这是海子的诗。

驻村的日子,除了办实事、走访、宣讲等,还有些闲暇时间。这就是问题了,村里不是市里,想吃什么买什么,想去哪就去哪,就连洗个澡也得去最近的县里。加上没网络,就有台电视,什么娱乐活动也没有,长时期呆下去,人都会散架。

找点乐子?打牌,四个人刚好凑一桌,可是也不能保证每个人都会打,都爱打;看书,人还是有惰性的,看不了几页就把书扔在床头;唯有喝酒,一个人能喝,人多喝起来更是热闹多彩。相信每个驻村点都有不少的酒瓶吧?而我,在这个地方还是感觉海拔有些高,身体有些不适。每天早上起来都去河边走走,锻炼锻炼身体。然后回来,如果他们起床了,就聊会天。没起床,就拿份报纸什么的看看。之后做个饭。有时拍拍照片，看看电视。晚上也早早到自己的房间里，打打电话，写写日志，谈谈感想。虽说有些无聊，但是因为有先前的工作经验和工作环境，已经习惯了独自生活或是静寂的生活。既来之，则安之。

莫学武陵人，暂游桃源里。

回　忆

要学会独处,学会忍受孤独,除了个人坚强之外,特定的环境也能锻炼人的心志。

如果说自己能经得住这枯燥的驻村生活,除了性格安静,还得得益于自己在比如县工作的那段经历。

那些年,都流传着这样的话:全区维稳看那曲,那曲的维稳看比如。比如的工作让自己在业务上拿得出手,政治上站稳脚跟,拥护党拥护组织,这段经历让自己提高,让自己升华。

区、地、县领导来视察工作的很多,我们要跟踪报道,稿子审了一遍又一遍,还要按时播出,对稿子质量时效的要求很高。

那时,真的很害怕跟领导采访,怕稿子写不好,怕挨骂,怕耽误新闻时效。怕归怕,硬着头皮还得上,久而久之,没啥怕的了,因为素质、业务都锻炼出来了。

无论你有没有采访,机房值班你都要值班,一个人24小时值班,若有采访你得找人换班,或者白天同事帮你顶着,晚上你得自己值班。很多时候不是局长就是台长白天帮着值班,晚上自己去机房值班。要是遇到第二天有大的采访,白天也不能休息,还得跟着去采访。所以,在那时,机房值班的安排节目播出表、节目输出信号、非编软件等你都得会,不然突发情况你没法应对。机房值班就一个人,和谁说话呢,和自己。8个人轮流,一个月最少3次,一年最少36次,所以习惯了一个人做事情,也谈不上什么寂寞。而且在最关键的节假日或敏感日,可以说那时全年就没有几天

是不敏感的,即使有节假日也是放假不放人,你也得呆在县里,就连普通干部职工要请假都得找县长。不过,你也没时间去请假,每周你除了在机房值班,还得在大门口的铁皮房加入到县里的维稳值班,24小时在岗,晚上两个人换着休息。工作要干、还得坚持24小时值班,值班也不是轻松的事,要巡逻不时地去自己的片区转转,随时观察外面的动静,看有没有什么异常。其实当时也觉得日子过得很苦,可能很多人都不能理解那些上班、加班、值班、维稳的事情,只有自己经历了才知道那些事是必须做而且必须坚持的事。就是这样的高强度工作,才造就了现在自己能够独处、能够坚持原则、能在这艰苦的环境里呆下去。就像大家说的基层走出来的干部,觉悟就是不一样。

(附:2篇新闻稿)

1. 那包香四溢的日子

（拉萨广播电视台　王静敏）

把苦日子过甜，把甜日子过苦，日子才有了内涵。也许那是一段艰苦的岁月，没有水、没有电或者说是有水需要去挑、有电需要等待的岁月，就是在那样的日子里，我们还是快乐着，总是超负荷工作，仍然还是要为自己的味蕾而忙碌。记忆最深的就是包包子，好吃、贪吃？不。在我看来这是一种减压的方法。在维稳、值班、值机、日常工作等高强度而又缺乏人手的条件下，能吃上一顿自己亲手做的包子简直就是一种奢望。就是这种奢望让那一瞬间定格，在心中留下永不磨灭的影像。

至今已忘却为何要在加班后包包子，加班时都做了什么，但那时大家一起和面、剁馅、包包子的时刻仍记忆犹新。记忆向心头涌去，"曾经"二字随之缓缓流过心田，温暖却带刺，一遍又一遍，一次又一次。

如今离开了比如，又开始了一次长长的跋涉，在路途上想起了过去，我的朋友、同事和那难忘的比如岁月。从不害怕一个人的旅程，也从不感到孤独，只是那份浓浓的情谊让我时而怀念。淑钦,还记得我们俩和赵部一起包包子时,边玩边包互相取笑对方包的包子有多难看吗?还记得我们看到赵部娴熟的擀着包子皮,让我们惊叹这位女强人那温柔的一面吗?张涛,多吉师傅,戚科长,还记得一锅包子刚熟,你们就疯抢,然后以秋风卷落叶式的速度消灭完那锅包子的场景吗?真的是让我们包的人,很有成就感啊。还有,何姐、小琴你们炒的小菜让我们的包子吃起来更有别样的风味。流水逝去,物是人非,我怀念从前点点滴滴,谁知岁月匆匆,剥夺了停驻的脚步,但留下了足迹。抬头,微笑。闭眼,怀念。

简简单单的包子,包进去的是工作的辛酸、吃出来的是生活的满足。忘记昨天的工作、忘却繁重的任务、享受那唇齿留香的包子,那一刻我们忘乎所以、那一刻我们是愉快的、那一刻我们是幸福的。

拉萨有玉包子、天津有狗不理包子、西安有贾三包子,还有各种各样的包子,固然美味,

但是再也吃不到那时的满足,现在的包子仅限于填饱肚子。每每看到街边有卖包子的地方,不免要停留,脑海间又会浮现在比如包包子的场景。生活中最可怕的就是平静和无聊,而那些在比如有你们的快乐回忆,让我的生活不再单调。城市自顾不暇的生

活，一场大暑时节的小雨勾起了我对你们的思念。时间要是永远定格在那一刻，会是什么样子？虽然"永远"只有简短的两个字，却无人能用文字说的完全，"永远"到底有多远、它不会随着生命的终结而消散，真正的永远是藏在心里。尽管天会变，人会老，但那颗心不变。

人在旅途，不可能背着厚厚的行囊赶路，捡拾的东西越多脚步越缓慢，所以总会有一些东西被扔在路上，也总有一些人会被遗忘。过去的人和事曾经带给我们快乐，曾经装点过我们的生活，我想，也就足够了。

2. 新闻人的使命

——献给比如县新闻战线的同仁们

（拉萨电视台　　王静敏）

适逢党的十八届三中全会来临，又正值记者节到来，对于每一个新闻战线的同仁来说，这是多么值得欢呼雀跃的日子，为全会盛况而欣喜，为新闻报道而艰辛工作。欢呼中、奔跑中、报道中、忙碌中，这就是新闻人的使命。此时此刻，又让我回想起2012年在那曲比如县广电系统工作的日子。

比如，藏语为"母牦牛群"，位于那曲东部，唐古拉山和念青唐古拉山之间，怒江上游，地形以丘陵为主，间有高山峡谷，四周冰山雪峰环绕，风光旖旎，人杰地灵，曾孕育出热地、丹增等一批党和国家的高级干部。这里也有广为人知的美丽景色和古迹，如棍拉嘎布山、觉沃白宗嘎尔波山、羊秀自然风景区、白嘎娜如沟、茶曲骷髅墙和达摩寺、比如朗杰白拔林寺等，还有那说不出名的自然风光，这里是天然的新闻仓库，有取之不竭的信息资源。然而由于地广人稀、交通不便、电力不足、人文观念等因素，使得比如县的新闻宣传报道工作较难开展，比如县广电系统的每一位工作人员除了肩负宣传报道工作外还要比别的部门扛起更重的维稳任务。要把党的声音传到广大农牧民心中，要做好党和群众的桥梁，要让广大干部群众收看收

听到高质量的电视电台信号，着实身上的担子不轻。

我比如县亲爱的战友们，请允许我这样称呼，因为新闻宣传报道就是抢时间、抢地点、抢新闻，要宣传报道好，就如同要打好一场胜仗，我们就是战场上的战士。战友们，2012年我们完成了采访报道区地领导视察比如县的工作，报道了比如县人大政

协等大会的召开,见证了经济社会的发展,完成了十八大现场采访任务……我们为一个个采访而努力,为一堆堆困难而克服,为一条条新闻而喝彩,点点滴滴、酸甜苦辣都汇聚成我们为之而兴奋的缘由。

亲爱的战友们,还记得去白嘎乡采访那一路的悬崖峭壁吗?还记得经常通宵值班又连续奋战做新闻的日子吗?还记得围在火炉旁一起包藏饺的时光吗?还记得为比如县艺术队的孩子们做饭的那些天吗?还记得筹备升国旗仪式、"3·28"等演出的细节吗?还记得,还记得那些为工作喜极而泣、为工作争执不休、为工作摔稿子拍桌子的时候吗……每一天都是那样的棘手而高兴,充实而忙碌,想念你们,我的战友们,你们还好吗?

最让人难忘的还是在接到县委黄书记下达的命令——宣传报道党的十八大召开当天全县、各乡镇、各族干部群众收看、收听十八大实况的日子。宣传报道盛会对于任何一个电视台来说是艰巨而光荣的任务,但对于一个小县城的电视台来说,尤其是对于比如县电视台来说,艰巨二字已不能概括它所面临的困难,人员严重不足、机房设备落后、值班维稳力量缺少、电力不稳、车况较差,种种的困难让比如县广电系统的每个人在接到这项任务时都深深地吸了口气。但我们没有辜负党和政府交给我们的任务,经过一段时间的筹备和奋战,十八大召开的前一天晚上,比如县电视台值班室下达了最后的命令:"明天早上六点在台院子里集合。"六点——这是一个什么概念？11月份那曲早上的六点，意味着零下三十多度，刺骨的寒风，漆黑的星空，空寂的街道，想想都让人哆嗦。可是，我和我的战友们没有畏惧，没有退缩，没有疑问，在十八大召开的当天出色地完成了党和政府交给我们的任务。汗水、泪水交织，再多的委屈与辛酸在11月8日晚，在《比如新闻》播出的那一刻，已化成了我们心中默默的欢呼。

是呀，这就是我们的生活，苦涩而美好，艰辛而满足。如今，党的十八届三中全会就要召开了，我亲爱的

战友们，你们一定又是在四处奔走，为顺利宣传报道全会的召开而努力。一声号令、一腔热血、一身正气，让我们这些在新闻战线上工作的同仁们分秒必争，奔赴现场，奔赴前沿，用事实说话，用真相说话，报道一件件国家大事，一条条新闻故事，无论风吹雨打、电闪雷鸣、艰难险阻，我们都毫无畏惧，坚守心中的信念，坚守新闻的标准，为百姓带去真实、可靠、高效的新闻，相信你们有了十八大报道的经历，这次也一定能够出色地完成十八届三中全会的新闻宣传报道。

慰 问

尼木新年快到了。按惯例,年前是要慰问贫困村民的,这是历年驻村工作的传统,既帮助困难群众解决实际问题,更是落实党和政府优惠政策的重要举措,体现了祖国大家庭的温暖。

这次,我们驻村工作队在走访了解的基础上,与村委协商,共同确定了16户困难户,作为节前慰问对象,为每户发放了大米、砖茶等价值375元、共计6000元的生活必需品,献上了洁白的哈达,送上了新年的美好祝福。

(附:1篇报道)

多走多访办实事　一米一茶感党恩

(拉萨市广播电视台王静敏、尼木县电视台占堆联合报道)

拉萨市广播电视台第四批驻尼木县吞巴乡根比村工作队自驻村以来,深入开展创先争优强基惠民活动。驻村工作队经过多走访、多了解,加强与群众的联系,努力做好"五项任务"工作,帮助他们解决生产生活中遇到的实际问题,同

时积极开展驻村的各项工作,确保驻村工作取得实效。

在2015年尼木新年到来之际,拉萨市广播电视台第四批驻尼木县吞巴乡根比村工作队响应党的号召,按照区市两级"强基办"的要求,在派驻单位的大力支持下,驻村工作队为16户困难户送去了大米、砖茶、食用油等总价值6000元的生活必需品,并敬献了哈达,祝愿他们快乐祥和、扎西德勒。

同期声:

旦巴次仁(三组组长):今天拉萨广播电视台驻村工作队在年前慰问贫困村民,发放了食用油、大米等生活用品,我作为一名组长代表村民感谢驻村工作队,也感到很高兴。

达瓦(村民):拉萨广播电视台驻村工作队在年前慰问我们,发了大米、面粉等,雪中送炭,给我们做了好事、实事,由衷的感谢党的好政策。

尼木新年

一二月份的确是个欢乐的月份。元旦、尼木新年、藏历新年和春节都集中在这两个月。我们单位驻村是半年一轮换的,能在驻村期间感受这节庆的浓厚氛围,实属难得。

我也是在驻村期间才知道尼木县有个独特的新年——尼木新年。它不同于藏历年和春节的时间,和日喀则过新年一样。在此之前听说过贡布新年,似乎在12月份左右,比尼木新年更早。至于都是一个藏区,为何每个地方新年时间略有不同,还有待了解。

这里的群众主要过尼木新年,藏历新年、春节反而显得不那么隆重了。

2015年的1月21日,尼木新年大年初一。

同事们发微信,"过年就不用驻村了吧?要放假了吧?"看到这个信息,真不知该说些什么,多像是在说风凉话。驻村工作不同于机关单位,越是在节假日,更得全员在岗,放假更是不可能了。

新年期间,进村入户开展走访

慰问或许是最好的时机,村民们一家人都聚齐了,了解的情况也更加全面。

今天一大早,我们工作队随着村第一书记索平和村书记次达来到拉珍家走访慰问。拉珍的丈夫不在了,有个残疾的孩子在蔡公堂外语学校上学,家里比较贫困。我们为拉珍送上了节日的祝福,送去了自筹的1000元现金。

作　　客

过年了，两家人邀请我们去家里过年。一个是村书记家，一个是乡书记家。这还是头一次去藏族同胞家中过年，有许多见闻，让人难以忘却。

村书记次达家，确切地说是他岳父家，在原驻村点山后，坐落在根比村三组，藏式家具和其他村民的倒也没什么大的区别，但家里错落有致，感觉舒适温暖。他们的习俗就是先喝一大碗酒，而这个碗就有特点了——一个能装下4听啤酒的藏式镶银边木碗。这着实让我大开眼界。连平时能喝酒的队友看到这么大的碗也有些怕得慌。喝完并不就完事了，这仅是"见面礼"，接下来用小杯和大家碰杯。对于不喝酒的人来说，看到这样的场面还是有些震惊的。到了吃饭的点，吃完饭，然后大家又坐在一起，拿着酒杯又互相敬酒。对于能把那

木碗的酒一口气喝完的人来说，接下来用小杯干自然不在话下。

乡书记康达家，位于尼木县景区大门的公路边，依山傍水。家里独特的地方就是客厅里有4个柱子，柱子上房顶上方都有精美的绘画，房梁也用漂亮的颜色粉饰过，显得光彩照人、富丽堂皇。在他们家，并不是一来就喝大碗酒，而是先用小杯子喝，然后用酒壶喝。这酒壶虽说和那木碗的容量差不多，但它不是一口

气喝完，而是将酒壶里的酒倒到酒杯里慢慢地喝。酒壶优雅别致，别有一番风情。

同样的民族、同样的地域，一个是碗，一个是壶，同样的热情，同样的祝福，让我们领略到了不同的民间文化底蕴。

无论是茶还是酒，村民都会不停地给你斟满，而且家里人轮番给你敬茶敬酒，让你时时刻

刻都会享受到茶的甘甜、酒的浓烈，他们的好客真让我们体会深刻。

春 联

元 日
（宋）王安石

爆竹声中一岁除，春风送暖入屠苏。

千门万户曈曈日，总把新桃换旧符。

这首诗描写的是宋代人（公元10～13世纪）过春节的场面：

春风送暖，旭日初升，家家户户点燃爆竹，合家喝着屠苏酒，忙着摘下门上的旧桃符，换上了贴有门神的新桃符。这些过年时最典型的喜庆场景，展现了一幅富有浓厚生活气息的民间风俗画卷。

一大早，村书记来到驻村点，告诉我们一会有书法家来给老百姓写春联。这倒是头一次听说在村里组织写春联的，而且之前也没接到通知，一切都是那么新鲜和兴奋。于是，我们立马在院子里摆上桌椅等待艺术家们的到来。片刻，几个人来到了驻村点，其中两个男人的打扮：一个扎着小辫、一个留着齐肩的长发。在这样的驻村点，在这样的村落里，村民们是绝不会留这样的发型的。我们知道这是文艺人的装束，书法家们来了。

果然，一个带头的小伙讲明了他们的身份——由区党委宣传部邀请的书法家协会成员。他们和村书记、队长简要沟通后，村书记就通知四个组的组长把村民召集过来拿春联。我们驻村工作队挂起了他们自带的横幅——西藏首届藏汉双语春联进万家活动。书法家们开始兑墨汁、润毛笔、裁红纸。四个藏文书法家开始都用不同的书法体写藏
文的扎西德勒，三个汉语书法家则在比较宽的红纸左侧写汉语春联，右侧空白是藏语书法家用来写藏语的。

我们一边看着书法家热火朝天地写着春联，一边担心只过尼木新年（不过春节和藏历新年）的村民会有几个人来拿这喜庆的春联时，村民陆陆续续到来，一会就把院子围了个水泄不通。看来我们的担心是多余的，这样的文化下乡估计对他们来说也是头一次，村民们高涨的热情也渲染了我们的热情。

刚开始，村民都有点拘束，只

有个别主动去拿藏语的扎西德勒,后来在我们和书法家的鼓励下,才慢慢地给书法家说自己的想法:有的想要藏语的 30 个字母、有的想要藏语的健康长寿、六字真言,还有的请书法家写上

自己商店的名字,还请汉语书法家写自家门口贴的汉语春联、四字成语,等等。渐渐地热闹了起来,需求量大大增加,以至于再重新分割红纸。我请书法家写好的春联墨迹尚未干好,一转身就不见了,只好厚着脸皮请书法家重新书写。这样的场面,让我们看到了内地常见、藏区少见的村民争先求取春联的热闹场景。

这样的文化下乡活动真叫喜庆、新鲜,受到群众的欢迎与好评,在为百姓送上新春祝福的同时,弘扬了中国传统文化,加强了与基层的联系,也将党和政府关注民生、造福百姓的心声送到了群众的心中。

感谢书法家们的辛勤劳动,村民们人人有份,都拿到了自己想要的文字。

2015 年的第一场雪

2015 年 2 月 13 日,我们驻村点下起了驻村以来的第一场雪。

风雨送春归,飞雪迎春到。

苍莽大地,银装素裹。

雪!给孩子们带来了快乐。艺术家们撰写的藏汉春联,乡亲们贴在了家中。快乐的走村入户,我们也醉了!

雪,洁白的雪,祥瑞的雪,祝愿来年风调雨顺,人寿年丰。

期待,满满的期待!

问题来了

2015年2月19日,既是春节,又是藏历新年,可谓双节并至。

新年和家人团圆的时刻是多么温馨,又是多么向往。可对于驻村工作队来说,这是个大问题——这个最重要的团圆日如何处理呢?

之前村"两委"成员和我们聊天时说过年了,工作队辛苦一年,让我们回去过年,好好休息下,和家人团聚,他们来帮我们值班。听到这些话,我们很感动,老百姓是那么的朴实和善良,但是我们不能那么做,毕竟这驻村不仅仅是值班那么简单,它更是一项党交给我们驻村工作队光荣而伟大的任务,不能为了过年而放弃工作。

队长家里有老人和小孩,是家里的顶梁柱,过年也需要他来操办;一名队员是她们家里最小的孩子,也刚参加工作不久,也想和家里人一起过年;司机呢他老婆刚生完孩子,想和家人一起为孩子过第一个新年;我自己呢五年多都没回内地和家人团聚,如果能回去那也是极好的。"每逢佳节倍思亲",尤其是在新年马上到来时,平时不能和家人见面的思念不时涌上心头,酸楚难耐。思家的心情更是急切与焦躁,到底如何解决这一问题?的确很伤脑筋。最后队长为了稳定大家的情绪,和我们三个队员开了会,让大家说说自己的想法。每个人虽然很想回去和家人团聚,但是大家的集体意识都非常强,都说让其他人回去,都把这份难得的团圆时光让来让去,没有人争着闹着嚷着要回家。此刻,大家都体

会到了集体的温暖,心里暖暖的,更是互相谦让着,生怕自己回去把队友冷落了。经过协商,一致决定让司机旦增回去和他刚出生的女儿团聚,让这个刚出生的小生命享受父爱的温暖,也让她感受我们队友们的关爱。

和家人享受天伦之乐,是人之常情。可在特殊的时候,并不是每个人都有这样的机会。就像驻守在边疆的战士,常年不能见到家人,更

不用说在过年的时候和家人团聚了,他们比谁都更想在过年的时候和家人团聚,然而使命之所在,他们必须坚守。他们这种舍小家顾大家的奉献精神更是值得我们去学习的。

其实,谁去谁留都不好直接下定论。棘手的问题要靠关爱来解决。相互关心、相互尊重、换位思考是多么必要啊。

切 玛 盒

尼木新年，我们听到了爆竹声、感受了尼木人民那装4听啤酒的大碗的敬酒方式，在春节、藏历新年又让我们看到了藏民族的淳朴与热情。

大年三十，我们起了个大早，忙着用青稞、糌粑、酥油和麦穗装扮切玛盒，还在桌上摆上了卡塞、饮料、水果、肉干等迎接新年的到来。翻开驻村的微信群，看到有人发的图片，图片里的切玛盒上只有两个酥油花的板子

而没有麦穗，还在上面配上不能去拉萨购年货所以没有插"梅朵"（花）的字样。看到这些图片，我们是偷着乐，这不得不感谢村书记，那些切玛盒里的麦穗是村书记送给我们的，这让我们"洋洋得意""沾沾自喜"。于是我拍了我们的切玛盒照片，再配上"根比村驻村工作队"的文字发到微信里给大家拜年，心里真有点儿小小的得意和满足，算是很低调地炫耀下我们过新年的方式，因为我们有"梅朵"。是呀，开心有时就是那么一朵花，那么几支麦穗，能让你高兴半天。

团 圆 饭

初一一大早,一声"扎西德勒"打破了驻村点的寂静。原来是马路对面开商店的普桑来拜年了,给我们带来一壶甜茶。甜甜的茶,浓浓的情,让我们看到了村民朴实的情谊。

到了中午,妇女主任金珠和她的儿子来了,还带了自酿的青稞酒,说一会儿其他村民也会带些来,村民们喜欢喝青稞酒,工作队就不用担心酒不够了。真是贴心的阿佳啊!

今天,我们邀请了村"两委"班子成员、联户代表、"三老"人员、乡干部和派出所的同志来驻村点一起过年,怕人手不够,就请阿佳金珠帮着做饭,所以阿佳金珠早早地来了。每次我们和村民一起吃饭时,阿佳金珠都会来帮忙,招呼村民吃饭、招呼我们吃饭,忙里忙外的,从不喊累,真像家里的大姐姐,对待每个人都很亲切。今天又得辛苦她了。

客人们陆陆续续地到了,大家围坐在一起吃着、喝着、谈着、唱着、笑着,共同庆祝新年的美好愿景,对我们工作队来说真是不一样的新年。节日,对藏民族来说,喝酒是免不了的,而尼木县节日喝酒和拉萨完全不一样,他们用的是大碗。就说说这敬酒的大碗。这碗不管是用金银打造的碗还是普通的木碗,总体上就得体现个"大"字。无论你是喝酒还是不喝酒,村民首先都会用这碗敬你,酒

一大碗,那就是4听啤酒,你得一口气喝完,水也是这么一大碗,你也得一口气喝完。着实让我们高兴难耐,因为这样的热情怎能拒绝呢?于是,大家都抱着"视死如归"的豪情壮志,将村民敬的酒水干完。原本以

为这样就可以结束了,其实这只是开始,接下来村民就把大碗换作小杯给你敬。真是那句歌词:喝完了这杯,还有一杯。一杯接

着一杯，你说喝不了了，村民会说没事的，过年嘛高兴喝酒醉了也不要紧。然后端起你的酒杯，一个劲地劝你喝酒。盛情难却，喜庆的气氛让你已经忘了自己的酒量，在村民的热情下你就这样一口口、一杯杯地喝下去。酒量好的，还不忘回敬村民，村民更是高兴，更加一个劲儿地再敬你。酒量不好的，早倒一旁睡觉了。

挂　　　像

"习近平总书记与西藏各族人民心连心"的挂像在村民家中随处可见。

走村入户、慰问或者村民请我们去家里做客，都看到房顶上飘扬的国旗，家里挂着领袖像。有的是单个一张习近平总书记的挂像，有的家里还挂着毛泽东、邓小平、江泽民、胡锦涛等前几届领导人的挂像。但是无论谁的挂像，上面都环绕着哈达，表达主人对我们党、对领袖的感恩和敬仰。

你说这是一种形式？不，挂像可以放在任何地方，可村民把它放在显眼的客厅，和切玛盒放在一起，这是一种真诚的祝福，真诚的感谢，还有那上面敬献的哈达，那更是真诚的。

单从我们驻村工作队来说，慰问困难户、与百姓同吃同住同劳动，察民情解民意，如果没有党中央的支持，以我们单个人的力量是不可能完

成的。再从大政策来说，教育"三包"政策、草补政策、计生政策、为民办实事项目、"短、平、快"项目、净土产业、援藏政策等等，无不体现党对西藏人民的特殊关怀。西藏人民切实感受到了党中央的关怀，切实感受到了全国各族人民的关心，他们用洁白的哈达表达自己内心的感谢。

突然想起臧克家先生的那首《有的人》：

……

骑在人民头上的，人民把他摔垮；
俯下身躯给人民做牛马的，人民永远记住他。

……

再 说 碗

之前说过洗碗那些生活上的琐事。这么长时间了，又有什么变化呢？还是先说说微信里的传闻：有的工作队排值日每天轮流

做饭洗碗，总体效果好，偶尔也有问题，比如要轮休了，该洗的碗没洗，接力的人有意见；有的呢直接用一次性碗筷，这样省事，可是长期用这样的碗筷，对身体不太好，也不环保；有的呢

等所有碗都用完了，然后再洗；有的自己洗自己的碗，或许觉得自己洗得干净点，放心；个别的甚至不洗碗，吃了之后就放碗柜里，下次接着吃，这个似乎有点夸张，难道就不觉得不卫生；据说还有"霸气"的工作队，可能经费比较多，所以请了厨师，专门负责做饭洗碗，

这可谓是最幸福的工作队了——有钱就是任性啊。

我们队属于那种吃完了所有的碗筷碟子再洗的类型。每天都要做饭，而且经常是走村入户完、干完工作后再做饭，或是给看望、慰问我们来的人做饭，一般都要做十几个人的饭菜，洗菜、炒菜，做完饭都累了，也不太想洗碗，就这样堆着。没人洗，做饭还得我们两个女生来做，所以有时做饭洗

碗也是一种压力。好在后来，我们用爱心感化了男队友，最终他们肩负起清洗碗筷的任务。

世界需要爱，只要人人都献出一点爱，世界将变成美好的人间。爱，能感化人类的心灵；爱，让世界拥有美好的未来；爱，让天地万物都充满了生机。只要有一颗真诚善良的心，人与人之间将会变得更加和睦、友善。

宣　　讲

开展感恩教育,是创先争优强基础惠民生活动"五项任务"之一,是我们驻村工作的重点,伴随整个驻村工作的始终。为认

真抓好宣传教育,我们工作队以"算富账、感党恩、要稳定、求发展"为主题,本着虚心学习、认真学习的态度,深入开展新旧对比教育,深入宣传党的十八大及十八届三中、四中全会精神,深入宣传中央给予西藏的一系列特殊优惠政策,教育引导群众深刻认识"团结稳定是福、分裂动荡是祸""谁在动乱西藏、谁在造福西藏""惠在何处、惠从何来"的道理,进一步增强群众"爱党、信党、跟党走"的决心和信心。

党的一系列优惠政策的落实,使西藏人民没有后顾之忧,对更加

幸福美好的生活有了奔头、充满希望。曾有人做过调查，西藏人民的幸福指数排列全国省市前列。

真心感谢党对西藏的特殊关怀，真心感谢这幸福美好的时代。相信中央第六次西藏工作座谈会后，中央将给予西藏更多的优惠倾斜政策，西藏人民的幸福感会更强！

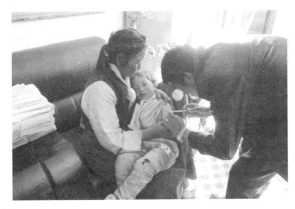

《西藏自治区农牧民享受财政补助优惠政策明白卡》摘录：

农作物良种推广补贴：青稞良种20元/亩，油菜良种10元/亩，马铃薯良种10元/亩，玉米良种10元/亩，水稻良种15元/亩，小麦良种10元/亩。

种粮农民综合补贴：自治区以2005年核定的青稞、小麦、水稻、玉米播种面积补贴，补贴标准为27.87元/亩。

牲畜良种补贴：牦牛犊良种补贴60元/头，改良黄牛（奶牛）良种补贴150元/头，改良绵羊良种补贴30元/头，种畜良种按照实际成本价的30%给予补助。

退牧还草补助政策：对修牧围栏补助20元/亩，草场补播

20元/亩，人工种草补助160元/亩，舍饲棚圈补助3 000元/亩。

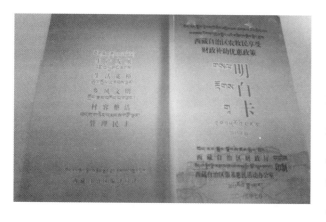

草原生态保护补助奖励：自治区从2011年起在全区建立草原生态保护补助奖励机制工作。①禁牧补助：每年6元/亩；②草畜平衡奖励：每年1.5元/亩；③牧民生产资料综合补贴：纯牧户每年500元/户。

先心病儿童救治：从2012年开始，对18岁以下儿童开展先心病免费医疗救治（对在区外手术治疗的患儿及监护人还另提供

8 000元的生活和交通补助，对在区内手术治疗的患儿提供1 600元交通及生活补助），对白内障患者实施免费治疗。

农牧民子女学前教育补助政策及义务教育"三包"经费："三包"经费是指国家财政对我区义务教育阶段农牧民子女住校生提供的包吃、包住、包学习费用。自2015年秋季学期开始，分类分档核定学前教育阶段农牧民子女补助和中小学校农牧民子女教育"三包"政策补助标准：二类区每生每学年2 900元，三类区每生每学年3 000元，四类区或边

境县每生每学年3 100元。其中伙食费占90%,服装及装备费7.5%,作业本及学习用品费占2.5%。

高中阶段免费教育政策:从2011年秋季学期开始对高中阶段实行免费教育政策。免费标准为:①重点高中:学费500元/学期/生,住宿费100元/学期/生,杂费200元/学期/生,教科书费120元/学期/生,共计920元;②非重点高中:学费200元/学期/生,住宿费100元/学期/生,杂费200元/学期/生,教科书费120元/学期/生,共计620元;③中等职业学校:学费1 000元/学期/生,住宿费250元/学期/生,杂费220元/学期/生,教科书费180元/学期/生,共计1 650元。

狂吠的母狗

不知从什么时候开始，这只黑母狗就开始不停地叫。这是为什么呢？

一般的狗是在有陌生人来或者有外来侵入的动物才会汪汪大叫，提醒主人或警示不要靠近。这是狗的职责，也算是忠诚。然

而我们的这条黑母狗，似乎太负责任了吧，看到外人它要叫，看到天上飞鸟它要叫，看到大门口的驴、牛、野狗它也要叫，听到汽车响声它要叫，甚至是听到远处狗叫声它也跟着叫，似乎成了我们这里的"顺风耳"和"千里眼"，只要有响动，它就会汪汪的叫个不停。当然，还有它饿了、渴了也会叫。所以到现在，我们都不知道它叫时到底是有外人来，还是有动物来，或者是饿了渴了？

只有它，继续叫着，准确地说是狂吠，以至于吵得我们睡不好、睡不好连带吃不好，久而久之整个精神都有些疲倦了。这可不是长久之计，得想个办法解决。它到底咋了？是提醒我们它的存在？可我们也一直没有忘记，即使它不汪汪地叫我们也会给它喂水喂食；是提醒我们它吃得不好？我们给它喂的是罐头和肉，还给它特意买了火腿肠呢；莫非是无聊了？看到什么听见什么都

要用狗叫声打个招呼？或者是想给这空旷的地方来点"音乐"给我们增加点娱乐？狗的心理世界，作为人类的我们也许还真的不知道。我们该怎么办呢？把它送人？没人要！把它的链子解开？它依然还是那样不停地狂叫，而且有一次差点咬了来开加油票的村民，所以还得继续把它栓着。

"古藤老树昏鸦，小桥流水人家"，本身寂静空旷，然而再加上一条不停狂吠的黑母狗，真是破坏了这乡村的空旷宁静。没有宁静怎可致远？没有好的睡眠怎可有精神工作？它日复一日地这样歇斯底里地狂吠，可愁死我们了，一来它的叫声我们分辨不出来到底是怎么回事，至于它饿还是渴没人知道，这样一来我们也照顾不好它，二来它的叫声扰得我们无法安然入睡，影响第二天正常工作。

这只黑母狗真成了狗皮膏药，揭也揭不掉，甩也甩不掉。唯二的办法：一赶快结束这驻村工作；二习惯它的狂吠。怎么办呢？哪个方法能行？

垃　　　圾

垃圾，在城市里也是一个问题，在城市要把垃圾分成可再生、不可再生等。

可在我们这，垃圾还没到这个级别，它只在"扔到哪里"这个层次考虑。驻村点没有垃圾箱，整个村组也没有。

这就是问题了，平时在城市里，我们都把自家的垃圾装进袋子扔进小区或街道的垃圾箱，基本上不愁没有地方扔垃圾。可到了驻村点，这种看似低级别的问题，还真是一个高难度的问题。

这里最主要的还是生活垃圾，如吃不完的饭菜、酒瓶、易拉罐、饮料瓶、塑料袋、编制袋等，该如何处理？剩饭剩菜，可以喂狗，也可以由那些野狗和来访的驴、牛等来消化；酒瓶、易拉罐、饮料瓶、塑料袋，这没办法化解，加之风大，只得把它们装箱，开车扔到县里的垃圾箱里。

在我们没来这个新驻村点，就看到河沟边、山脚下、公路旁，多多少少都会有垃圾的身影，也许是水冲来的、风刮来的，但也有一部分是人为的。在尼木新年、藏历新年、春节、全国"两会""3·28"等节庆前夕，我们多次组织村民打扫

卫生，可管的时间不长，说明村民的环保意识还不强，环保设施还太差。对于我们来讲，驻村完就走了，可这里生活的人还要继续，各种各样的垃圾该如何处理呢？长此以往，再好的环境也将被破坏污染。这让我想到了柴静

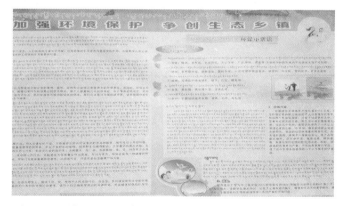

的《穹顶之下》，那么犀利、那么真实。我以为，环境保护说到底是一个平衡问题：人类的发展或多或少会破坏自然，只是如何

少一点破坏，甚至是在不破坏的前提下寻求发展，如何在发展和保护中取得平衡，值得我们深入地思考。

绿水青山就是金山银山。社会主义新农村建设强调"村容整洁"，党的十八大更是把生态文明摆在了更高的位置，作为"五位一体"的战略部署。作为国家的生态屏障，作为生态环境脆弱的西藏高原，加强和保护生态环境更是显得意义非常，加强群众环保宣传、严格环保执法、加强环保设施建设任重道远。

清理小垃圾，折射大环保。加强环境保护，赢得的却是人类赖以生存的环境。

小 狗 根 比

它的妈妈，我们的这只黑母狗，在 2015 年的第一场雪中，生下了它和另外三个兄弟姐妹。可惜，只有它活了下来。它的确是幸运的，毕竟它活了下来。只要活着，什么都是好的。

之前说过，它的母亲经常狂吠。现在我们明白了狂吠的理由：或许是向大家展示自己将作母亲，或是炫耀快出生的孩子，亦或是产前的母性使然。

小狗长得很壮实，而且爪子大、尾巴短，带有些许藏獒的特征，这在附近很少见，那憨厚的外形足以让它的母亲向外人炫耀。没想到纤瘦的母亲还能生出如此苗壮的孩子，真应该向母亲致敬！我们叫它根比。

小根比在慢慢地长大，整天围着我们转。刚开始还蛮可爱的，后来就招人烦了，因为它喜欢咬你的裤子、鞋子，用它那粘满灰尘的爪子往你身上乱抓，而且喜欢躺在软和的地毯和垫子上，晚上还要进房间睡觉，不让它进，它就会在外面呜呜呜呜，敲门咬门，扰人心烦。为了讨好它，让它乖乖地呆着，不乱咬东西，我们也允许它进到房间，也把给它妈妈的火腿肠拿来喂它。它似乎真像一个小孩一样，需要我们这些大人来哄它、宠它。

它的未来，该是什么样的呢？娇生惯养被宠坏？长大后爬床

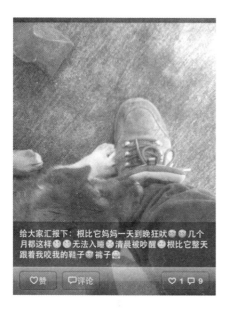

上灶？和它妈妈一样，随时乱叫？也被栓起来？由它我想到了两件事：第一件就是这小狗不像城里的狗，会被打扮成各式各样，和别的小狗争宠斗艳，它的目标就是撒娇、讨吃讨喝；第二件就是想到前段时间看到的抓野狗的车，马路上随处乱窜的流浪狗，以及走村入户时村民家的狗，后面又在县里、村里角落里看到的刚出生的一些小狗，真是春风吹又生，野狗无穷尽啊。小狗，一条生命，也很可爱，长大后就成了麻烦，比如到处拉屎拉尿、咬牲畜甚至咬人，咬人了不仅疼还得打狂犬疫苗、有些狗还携带病毒、有的狗也会被饿死等等。一只狗不应该有理想吗？它不应该去别的地方看看，长长本事，看看那些警犬，除了天性吃还能帮人做很多事情，发挥了狗最灵敏的秉性，它们那本领真是大，狗和狗也是有区别的。再者抓狗不需要人力物力？送到哪里也得喂养不也需要人力物力？

为何不在源头下功夫呢？

知名品牌

驻村的日子，不知怎的，不时想起儿时的北京方便面和长条泡泡糖来。

说起北京方便面和长条泡泡糖，在藏生活的人们可能没人不知道。在我小时候，也就是20世纪90年代，这两种东西就在西藏出现了，那时还算是奢侈品。谁家小孩要是拿着这东西，是要羡煞旁人。时隔二十几年，这两样食品还依然存在，可想而知西藏人民对它的执着与忠实度是有多高。

先说北京方便面。里面仅有一袋粉状的调料，而面饼特别筋道，估计现在市面上是没有能和它媲美的，在内地你想找这样的方便面估计很难了。干吃北京方便面，那才叫一个香，不过偶尔泡着吃也是蛮不错的。当你吃腻了各式各样的方便面时，来一份北京方便面，是你不错的选择，真是别有一番滋味。

再说长条泡泡糖。简单的纸包装，长方的外形，吃起来似乎还有种面粉的味道，可就是这样的泡泡糖，它的外形及口感是许多人难以忘怀的。现如今各式各样的方便面和泡泡糖都涌入西藏市场，我们有了更多的选择，可还是忘不了那孩童时代的美味。

再说说饮料，红牛。这可能是时下人们尤其是司机钟爱的饮料。要说它为什么这么受大家的喜爱呢？可能是西藏地域广阔，在那个年代，汽车罕见、司机稀有，运输主要靠汽车，汽车运来的都是些稀缺的产品，让大家期盼已久。那时司机吃什么喝什么都是让大家羡慕的，司机喝红牛也许是为了提神，可人们看到司机喝红牛，就对这种饮料产生了崇拜，认为红牛是一种难得东西，不是一般人能喝得到的，久而久之，大家也都喜欢上了红牛，认为喝上红牛是一件长脸的事。当然，现在选择多了，红牛已不再那么红，然而即使在偏远的农牧区，红牛的知名度依然是那么高。

说这些并不是在打广告，而是想说在市场竞争压力越来越大的今天，像北京方便面、长条泡泡糖这些"老"产品，历经数十年岁月风雨征程，它们依然还"活"着，似乎贴上了时代的标签。这不仅靠保质保量，更靠的是人们对那个时代的记忆，靠的是一种不离不弃的情怀。不论时代怎么变化，市场上再多的诱惑，人们对过往岁月的记忆，对老物品的的怀念，是永远也变不了的。在村里，还能经常听到那句熟悉的口头禅"向毛主席保证"，那是一种信仰、一种崇敬、一种怀念，更是一种感恩。

常怀感恩之心，待人接物处世。

请为他们点赞

习近平总书记在新年致辞中的一句"我要为伟大的人民点赞",感染了每一位中国人。

新年里,我要为谁点赞呢?我要为两类人点赞。

一是为西藏人民点赞。西藏自治区地处青藏高原主体部分,平均海拔 4000 米以上,面积 120 多万平方公里,陆地国界线 4000 多公里,是我国西南边陲的重要门户。年平均气温 8℃,低温少雨,海拔高、气压低、氧气少,喘不上气、睡不着觉,心悸心慌、脱发白发、记忆减退,等等,这是高原人的切身感受,加之自然条件艰苦,基础设施薄弱,干每一件事情都付出了比常人更多的辛劳和汗水。就在这样的恶劣自然条件下,一代又一代西藏儿女,在党的领导下,经年累月,战风雪、斗严寒,保稳定、谋跨越、求发展,艰苦不怕吃苦,缺氧不缺精神,奋斗在基层一线,约占全国 2‰的人口,坚定地守护着全国 1/8 的广袤疆土,"5+2""白+黑",为祖国边防巩固、社会祥和与安宁,

做出了不可磨灭的贡献，这是天大的功劳！不仅如此，他们艰苦奋斗，奋勇前行，用自己的双手创造了一个又一个奇迹，取得了一个又一个的辉煌，用实际行动弘扬和诠释了"老西藏精神""两路精神"新的时代内涵。他们的勤劳、智慧、执著与坚守，令我们油然而生敬意！

　　二是为那些进藏工作的同志点赞。他们远离家乡，短暂的假期，和父母孩子团聚的时间短，感情还没培养好，又得回藏工作，致使孩子和父母都没什么感情，严重者成了问题青年（儿童）。有的因工作原因连续几年都回不了家，更别提和家人一起过年团聚了。不说身体受不受得了，情感上更是愧对家人。或许有人说，西藏工资高，工作稳定，拿着看似不错的薪水，干着貌似闲庭若步的工作，风吹不着，雨淋不着。其实他们的身体成本、经济成本很高，抛开每月开销所剩无几，很多人早早地患上了红细胞增多、心肺肿大、心脑缺血等高原疾病，还没等到退休，身体先"垮"掉了，甚至过早地离开了人世，可敬可叹。凭心而论，这些长期进藏工作的同志，他们照顾父母抚养孩子，压力大、困难多，舍小家、顾大家，默默无闻，无私奉献，凭的就是那么一股劲，那么一种精神，令人情不自禁地竖起大拇指！

自觉做到讲政治、讲大局、讲奉献，这是每一名西藏人、每一位在藏干部、每一名党员应有的品格和最起码的素质。身体是革命的本钱。面

对实际困难，如何更好地解决他们的后顾之忧，真心希望上级能制定出更多灵活的政策措施，比如进一步加大水、电、路、讯等基础设施建设的投入，大力改善基层生产生活条件；比如加大干部交流力度，高海拔的可以交流到低海拔来，在西藏工作多少年之后可以内调，即便是交流几年也好，最起码可以让他们调养下身体，以便更好地工作和生活。

他们确实很不易，解决起来更是不易。

请为他们点赞！

联户长的手机

　　藏历大年初四清晨,两个小伙子来到我们驻村点,手里拿着一个箱子,还用塑料袋提着几把藏香。刚开始我们以为是卖藏香的,后来才知道他们是给双联户户长们送手机的。真是山好水好村好人好。不仅送货上门还来拜年,这样的服务态度,也许只有在这样的村落里才能感受到。看看手机,电信天翼,白色、大屏,有藏文输入法,手感也很不错。问问价钱,499元,双卡双待,还送2000元话费,从性价比上是很划算的,看看手机,我们都有些动心了。问那两个小伙子:我们能买吗?他们说可以,但是要599元,只有联户长才有这样的优惠,而且目前这款手机已经没现货了,要预定。原来,这是村里专门给联户长订购的,以便于联户长开展工作。我们除了羡慕还是羡慕,国家的政策多好啊!

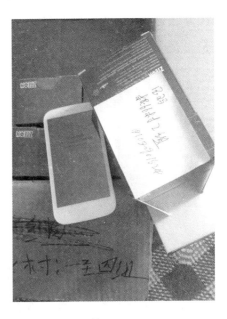

　　后来两小伙子走了,把藏香留给了我们,说祝我们新年快乐。

　　关于对"双联户"的相关认识,我是在驻村以后才正式接触了解的,这也算是驻村的收获吧。所谓"双联户",指的是"联户平安、联户增收",引导城乡居民以5户或10户作为一个联户单位,每个联户单位推选一名户长,围绕和谐稳定、增收致富,抓好"十联",即:矛盾纠纷联排联调、安全隐患联防联控、重点人员联管联教、困难家庭联帮联扶、环境卫生联管联治、精神文化联娱联扬、科技知识联学联教、小额信贷联保联担、致富项目联建联营、发展成果联创联享,做到联户单位内各户之间利益共享、责任共担、相互关心、相互帮助、相互支撑、相互监督,共创平安和谐、共同致富增收、共建美好家园。

对于拉萨市"先进双联户"联户代表补助项目有误工补助、通信费、交通费、杂费四项,城镇社区每人每年补助2800元,农村牧区每人每年补助2200元,机关单位每人每年补助1200元。每年村(居)要在10月15日前完成"先进双联户"的评选,然后一级一级地完成创建评选工作。评选是由村级、乡级、县级、地市级和自治区级逐级评选,评选上的颁发荣誉证书及奖

牌,同时按照级别给予每户100元、500元、1000元、2000元、4000元的奖励,而且评为县级、地市级、自治区级的双联户中有符合报考西藏高校毕业生公开录取条件的直系子女在考试总成绩中分别加5分、10分、15分,如果有符合参军条件和安置条件的直系子女,在同等条件下优先征集、优先安置工作。

好的政策源于国家的富强。只有国家富强了,人民才能安居乐业。"双联户"政策是西藏自治区党委坚持走群众路线,把发

展稳定任务落实到城乡基层、落实到千家万户的积极探索和重大举措,延伸拓展城乡网格化管理,丰富平安创建载体,具有坚实的群众基础和鲜明的实践特色,它联出了实惠、联来了平安、联通了发展,进一步打牢社会和谐稳定的基础,受到了西藏各族群众的广泛欢迎。

祝愿伟大祖国繁荣昌盛、国富民强;祝愿西藏人民生活美满、幸福安康!

雪域精灵

高原藏鸡养殖历史悠久，主要以家庭散养为主，体型小巧，行动敏捷，一般在3斤左右，肉质细腻鲜美，深受市场青睐，被誉为"雪域精灵"。近年来，拉萨市大力发展高原净土健康产业，其中把规模化藏鸡养殖作为一个重要载体。

我们驻村点对面有一个藏鸡养殖基地，几百只鸡，由一个叫伦珠的人来看管。一个藏鸡蛋3元，一只藏鸡100元左右。由于规模不大，没有看到大批量的外卖，只是小范围的出售。

试想，如果这是一个集藏鸡养殖、肉蛋加工、餐饮服务等一条龙产业链，打造出高原特色藏鸡品牌，走向更宽阔的市场，这将是多大的效益？村民该有多大的收益？就像电视剧《老农民》那样，种小麦建面粉厂，然后又带动了饲料厂、养猪厂，创了品牌增了收入富了百姓。目前在西藏市场上可以看到雅砻等品牌的藏鸡（蛋），然而要说特别知名的藏鸡（蛋）似乎还不多，有的甚至用普通鸡蛋来冒充藏鸡蛋。所以简单的养殖，只能维持基本的收入，而只有创新才能赢得更多的财富。

创立品牌，打造形成特色藏鸡产业链，特色是纯天然、原生态，关键是投入和创新。首先，创新意识，得有像牛大胆那样的带头人，敢想敢闯敢担当，能为老百姓着想；其次，市场调研，是否存在忠实的消费群体，就像北京方便面那样深受人们的喜爱；第三，资金投入，要想形成一定的规模，加大资金投入是必须的；第四，科技支撑，藏鸡养殖必须尊重科学、依靠科技，藏鸡养殖各方面因素都要考虑进去，包括安全风险；第五，利益划分，是由谁主张谁获益还是村民入股分红等形式划分，在一开始就得想周全，不然产业链必将失败；最后，品牌效应，是不容忽视的，品牌定位一定要准确，发挥主观，尊重客观，否则走得不远。

在时隔四个多月之后，我得知，在2015年3月23日，自治区党委常委、拉萨市委书记齐扎拉与北京德清源农业科技股份有限公司董事长兼总经理钟凯民率队的赴拉萨考察团一行进行座谈，双方就合作藏鸡养殖业深入交换意见。这个消息让人倍感激动，自己关于藏鸡那点不成熟的想法，现在真的有人来开发和实现，为自己的想法感到高兴，为他们的做法表示大力支持。而且北京德清源农业科技股份有限公司是全球领先的生态农业企业、中国禽蛋行业的第一品牌，也是中国唯一一家涵盖祖代、父代和商品代蛋鸡饲养的国家农业化龙头企业，它的加入，必将使藏鸡产业对尼木经济产生促进带动作用，而且也将大力推动原种藏鸡的保护和发展。此次北京德清源农业科技股份有限公司打算在尼木县投资建立育种场、示范推广场等相关养殖基地，进一步发展壮大当地藏鸡养殖业，共同打造高端藏鸡产业，助力拉萨净土健康产业发展。（据 2015 年 3 月 25 日《拉萨晚报》）

高原净土健康产业，就是以青藏高原纯天然环境和无污染草原、耕地、水土为条件，以提高高原生态环境服务效能和价值为核心，以推进高原有机农牧业生产为基础，以开发高原有机健康食品、高原有机生命产品、高原地道保健药材、休闲养生旅游和清洁能源为主体，以先进技术改造和提升传统产业为重点，以聚合多种独特资源，实现产业升级和效益倍增为目标的地域型、复合型产业，是满足社会公共服务、民生服务需求的朝阳产业和科技含量高、消耗低、无污染、可持续发展的低碳产业、绿色产业，是涉及第一、二、三产业的新兴产业。简言之，就是纯天然、无污染的绿色、健康产品。

热闹的微信群

微信群很热闹。驻村的微信群可不是一般的热闹。

大家来自不同的单位、驻在不同的村落,每个人在每个村又有着不一样的经历,和大家分享这不一样的事情,构成了驻村微信群的热闹。各种吐槽,有说早上好的、过来吃饭的、想家的、想老婆的、搞笑视频等等。然而最热闹的是就是上级检查指导时,大家就会不停地问在哪里?求行踪。大家似乎就像间谍一

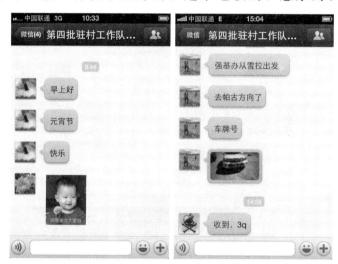

样,不停发信息,汇报督导行踪。还有的就发他们驻村点什么都准备好了求督导来检查,或者问督导在村里检查哪些都问啥了。回答的更是匪夷所思,有说督导不来检查他们是因为他们人品有问题吗?还说督导来检查时问你娶老婆了没?如果没有还配发等等。只要有督导来,微信群里热闹非凡,可以说督导来检查给各驻村工作队带来了不少乐趣,大家就那么肆无忌惮的说着督导的各类信息甚至八卦,俨然已忘记督导的严肃性和权威性。

当然,驻村微信群也不仅玩过家家,强基办有临时通知,只要在群里发了信息,大家也是一呼百应,每个驻村工作队都会发:收到。要是发统计表什么的,没收到的工作队自报家门,强

基办回复：马上给你们发。如果有工作队问部门电话或者负责人时，群里都会有人回复。办公效率非常高，让你不得不感叹要是在市里你要找哪个部门办什么事，打了一圈电话也不一定能找到。可在这驻村就不一样了，大家都很热心，只要有问，必有答。

可以说微信成就你我他。

从开油票想到的

也不知从什么时候起,给村民开加油票的事情就落到了我们驻村队的头上。村民加汽油时凭身份证,我们开四联单,三联给村民,一联留底,但每张上面都要注明身份证信息,油品种类和数量,还有当天的时间;柴油票呢,除了这些还得有另一人的担保书,须乡里签字。

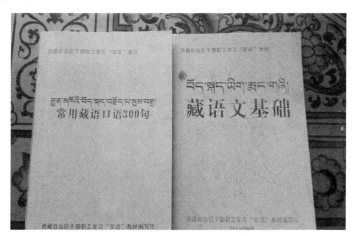

事情简单易操作,可是从中让我感觉到了差异。当队友们在开票时,村民就会说"给啦""托切纳"等礼貌用语,而我开票时,很少听到这些,也只有极个别的村民会说声"谢谢",大部分人都是开完就走,一句话也没有,反而给队友说谢谢。刚开始我很纳闷,票是我开的,我做的事,感谢的却是没开票的人,这不是厚此薄彼嘛,当时就想这些村民一点礼貌都不懂。可是有一次遇到一个一点汉语都不懂的村民来开票,队友都不在旁边,我就跟他说了自己平时学的半生不熟的藏语,没想到最后他说:"托切纳,给啦",这是在感谢我。于是在给村民开票时,我也试着用不流利的藏语和他们交流,最后也得到了村民们敬语的感谢。这时我体会到,村民是因为汉语不好,不知道该给一个汉族同志说什么,所以他们选择了

什么也不说。有懂汉语的，他（她）们才会说声谢谢。我们不能要求村民学习汉语，那么我们就得学习藏语，方便交流，方便工作，只有你了解了，才知道他们的行为是出于什么目的，所以驻村学点藏语是多么的必要啊。

毛主席曾说过，没有调查就没有发言权。在驻村工作中，我们不能就一件单一的事情来说明一个问题，要通过多次的接触，多次的了解，在多次的摸索中总结经验，再下评论。只有你了解百姓的想法，你才知道工作如何开展，才能做到老百姓满意，自己满意。

雷 锋 日

3月5日，可谓是双喜临门。一喜雷锋日，二喜十二届全国人大三次会议开幕。

我们早早地就摆好了凳子、打开电视机，等待村民们的到来。村民们围坐在一起观看开幕式，聆听党的大政方针、了解国情民意，期间还不时互相交谈着，有不懂汉语的村民，大家都还小声地翻译，村民们频频点头，说党的政策好，给老百姓带来了更多的实惠，日子会越过越好，要感谢党和国家对我们的关怀。

组织村民看新闻、观开幕式，把党的大政方针、惠民政策传达到农村牧户，更是让村民们知道惠在何处、惠从何来。看似简单的观看开幕式，却提高了村民参政议政的积极性，也体现了村民对党中央惠民政策的感恩之情。开幕式结束后，村民们纷纷表示将继续关注"两会"的其它内容。

至于有多少村民会不时地收看会议盛况，暂且不说，可贵的是村民们能有这样的觉悟，说明舆论宣传的重要和必要，如果我们工作队不去组织宣传，村民鲜少会去关注人大会议，可是我们组织宣传了，一定会有村民去观看去了解。就像一个好的产品，没有好的宣传引导，再好也没人知道，也没有人"品尝"。

在雷锋日这天，组织村民们观看开幕式，让村民们了解国家大政方针政策，了解如今幸福安康的日子惠在何处、惠从何来，也算是一件助人为乐的事。有一句歌词"其实你不懂，不懂我的心"的确，如果不了解，就会造成很多误会与隔阂。越是在偏远的地方，村民的视野或许越狭窄，对党和国家的政策了解越少，偶

遇到村民们有不满意的，也许会心生怨恨，抱怨村里，抱怨领导，抱怨政策，甚至有不支持工作的等等，可是事实往往不是上面政策本身，而是群众对政策了解的不深不透，甚至对政策有误解。多听广播、多看新闻，群众视野才会更加宽阔，才会更加了解党中央对西藏的特殊关怀，才知道自己得到的实惠，是当地组织、干部积极申请争取下来的，是党给予的，是党的强农惠民政策在基层的落实。

其实，还有一喜。今天是元宵节，虽然没有元宵，吃个鸡蛋就当是团聚了。

原则与风格

在工作中有没有遇到这样的事？你做了一件事，然后又做了一件事，其他人在玩，久而久之，这些事都落在自己头上，其他人都说做不来这些事。然后有一天这个做事的人终于忍受不了这么繁重的工作，发怒了，而其他人都很震惊，还有人附和说："算了，算了，我来吧，又不是什么大不了的。"这时，估计这个发火的人更委屈了，既然没什么大不了的，为何你们不来做呢？

这只是一个故事。告知我们两件事：一任何事情都要分工明确；二不能做老好人。没有分工，遇到事大家互相推诿，事情没人愿意做，即使做了也是消极怠工；做老好人，你好我好大家好，不说若死累死没人领情，就事情像一团麻那样堆在那里也没能做好。如果早点讲原则，也不至于做了许多事后发火没人理解，也不至于让他人没有上进的机会。

俗语说得好：无规矩不成方圆。任何事情都要按规章制度、按原则办事，否则只能使事物偏离轨道。在对待个人进退得失时就会多一份坦然，在处理同事之间的关系时就会增加几分大度。无论是领导、下属或是同事，与人交往、处理工作时，或多或少都会出现磕磕碰碰，如何处理这些问题，是工作能否开展好的关

键所在。习近平总书记说过:"大事讲原则,小事讲风格。"我认为很有道理,大事讲原则就是要眼观全局、不能因为自己的动摇

而影响大局。面对大是大非问题,一定要坚持原则,决不能含糊,更不可退缩,要旗帜鲜明,敢于站稳立场;小事讲风格,在处理小事上要给别人空间,不斤斤计较,体现一个人的风格。完成一项工作可以条条大路通罗马,就看你能否找到最高效、最省力、最有风格的那条路。以平常心对待事情,以责任感对待事业,这样才能成就事业的根基,才能树立起党员干部的良好形象,才能以人格的力量推进事业的健康发展。

大厨都是男的

逢村里有活动,都会在驻村点吃饭,人少的时候基本有八九个人,饭菜都会由阿佳金珠来掌勺,我们当下手给她帮忙。她做的饭菜也很可口,深得大家的喜爱。可是她的派头还不够大厨级别,至今来我们这做饭的有四五人,而有大厨派头的都是男性。

阿佳金珠为什么不被认为是大厨呢?可能在大家的眼里,她更像家里人,她女性的身份以及亲和的外表,让人们把她看做自己的亲人,而没有看成一种职业,再加上人们传统上认为妇女炒菜做饭就是理所当然,做一手好菜也只能说明很贤惠很能干,并没有把女性能炒得一手好菜提升到厨师的高度。所以大家认为的大厨就把她排除了。

让我们见识最早的大厨就是技术部的达瓦,大家都亲切地叫他"久达瓦啦"("久"是藏语哥哥的意思,"啦"是藏语的敬语)。他头一次随领导来看望我们,就自告奋勇地说午饭他来做。这着实让我们很高兴,因为只要有慰问的,我们工作队就要准备饭菜,一来路途遥远,不能空着肚子回去;二来也表示我们的谢意。而我们几个人都不怎么会做那么多人的菜,所以每次都很头痛。久达瓦啦是第一个在慰问人群里主动要求给大家做饭的人,他的到来的确解决了我们做饭难的尴尬问题。

为了使以后慰问的人或者来我们这吃饭的村民能吃到更好的

饭菜，我也偷偷在旁边学习他做菜的方法。他做饭时，很有规

划，要做什么菜需要什么配菜，他都会先告诉你，然后让你准备洗、切等工序。难得的是他会让你先把菜用盐水泡起来，说这样先把农药等有害物质除去，这在平时我们都很少能做到这一点，着实让我刮目相看。当一切准备就绪，他在两个煤气灶上同时炒菜，又让我佩服不已，这不仅考验着厨师对火候的拿捏，还考验着他对食物生熟度的掌握。他炒

菜的技术看不出半点藏式风格，每道菜都透着川菜的风味。能掌握八大菜系之一的川菜，能合理分配菜肴的烹煮程序，你能说他不是大厨吗？至少在我们这驻村点他是当之无愧的大厨。还要再说一句就是四川人民的伟大，就是将川菜带到了祖国的天南地北。这不，我们这位大厨就是很好的见证。

接着，第二位大厨就是我们四组的组长普布次仁。有一次村里开会再加上要值班，阿佳金珠好像有事没来，我们工作队也出去走访村民，没人做饭，于是组长普布次仁就承担

起做饭的工作。当我知道是他做饭时很惊讶，因为在我的印象

里，这里的男村民是不会去厨房做饭的，而吃到他做的饭菜时，更是惊叹，他不仅会做饭而且饭菜也不比阿佳金珠做得差。后来才知道他简直就是村里的"三好"男人——在家做饭，脾气好，还不喝酒。所以我认为在村里像他这样的"三好"男人也是要纳入大厨的行列，这样才会使更多的男人"趋之若鹜"成为大厨，才能让更多的妇女同志们"解放"出来，使她们享受更多的快乐。

  第三位，就是在3月5日，乡里来考核村"两委"班子建设时请来的一位大厨。这天乡考核组、村"两委"班子、村民和我们加起来有数十人要吃饭，大席面不是我们这些小伙伴们能应付的，所以村书记请了这位大厨。他的大厨地位不需说明原因，不仅是因为这么大的场面，还因为他带来了做菜的专用灶、专用刀。几样专用工具就足以奠定他大厨的地位。据说藏族同胞的厨房操作间是不让外人进入的，再加上和他不熟悉，所以没敢进去，只在旁边瞄了几眼，看他切的牛肉——有片状的、有条状的、有丝状的，手法流利，游刃有余，的确是大厨的刀法。他做了蒜台炒牛肉、青笋炒牛肉、青椒炒牛肉、素炒白菜、西红柿素菜鸡蛋汤。让我佩服的是，他炒的青笋牛肉没有过多的水分，不像以前吃的青笋牛肉那样水多肉还没熟，打破了我对"青笋和牛肉不搭配"的看法；青椒牛肉中的青椒，和我们平时买的一样，我

们都不用这种青椒炒牛肉，因为它皮厚不好入味，可他不仅让牛肉入味了，而且像这样皮厚的青椒也炒得清脆可口，只有大厨才能把

同样的食材做出不同的味道来；他炒的白菜，汤汁不多油也不多，味道刚刚好；汤，是把西红柿的酸味逼入汤中，汤里的炒鸡蛋也不腻，整个汤清爽中带点荤腥，酸甜适口。

其实，还有两位潜在的大厨，就是我们的队长和司机。有一次，我们两个女同志都不在，我回来时看到厨房有一盘麻辣豆腐，色香味看起来还挺不错，问谁做的啊？两位支支吾吾，都说是对方，这是为什么呢？平时都说不会做饭，可做出来的菜还那么好吃，看来天生就有当大厨的潜质。后来我也不问了，就让那盘豆腐成为一个秘密吧，原因不言而喻，一是谦虚，二来嘛估计还是想吃我们女同胞做的饭菜。可他们也是否想过，我们也是很想吃到男同胞做的饭菜呢！

学无止境，厨师没有性别，只要肯学肯动，都能做出美味来。做菜是一种艺术，更是一种享受，只有会享受生活的人，才知道做出可口的菜肴是多么快乐的一件事。何况在这样的村落里，没有饭馆，只有多练多想多做才能满足干瘪的胃。估计驻完村后，又能增加一门手艺，所以驻村不仅是为民办事，也能让你成为一名厨师。

> 一则广告送给大家：广大的单身们，不会做菜的亲们，快来驻村吧，不为别的就为能做得一手好菜，这里是"新西方厨师培训学校"，不收学费，不用教就会做饭的天堂，赶紧报名来驻村吧！

神级别的科员

"干了多少年，还是个老科员"。这样的牢骚，大家都听到过，这究竟是能力的问题还是体制"关系"内的问题，值得大家去思考。

"吃拿卡要"等现象的出现，除了人心的贪婪外，是不是也折射出一些干部提拔的问题呢？尤其是在基层，有人在科员的位置上干了一辈子，直到退休还是科员，可谓是神级别的科员。想当初他们也曾是"骨干""精英"，却升迁无门，慢慢地变成老科员、老小兵、老跑腿、老油条，越老越"无用"。工作上对得起工资，工资对不起家庭。从年轻干到退休，科员身份如旧。可以说，一个单位换了新班子能正常开展业务，靠的就是老同志。铁打的营盘流水的官，钢铸的科员流汗的兵。他们也曾是"优秀后备干部"，不过是"后备成常备、常备变前辈、前辈等下辈"而已。

老科员手上有工作，脚下无门路，再受机构编制等因素限制，不能晋升，待遇又难解决。对于这样的科员在工作岗位时，职务上得不到提拔，待遇上没能享受，直到退休或许还是拿的科员工资，看到别人提升的提升，怎不让他五味杂陈、生出些许想法呢？在工作中存在消极心态也就难免了。最终，背上了思想包袂，降低了服务质量，影响了单位工作，损坏了干部形象，伤害了老百姓，也坑害了自己。

现在好了，中办、国办印发的《关于县以下机关建立公务员职务与职级并行制度的意见》，那些难以通过职务晋升的公务员，也可以靠年限提升待遇了。《意见》对县以下机关公务员设置5个职级，由低到高依次为科员级、副科级、正科级、副处级和正处级。办事员任满8年未提拔的，可享受科员待遇；科员满12年未提拔的，可享受副科待遇；副科级、乡科级副职满15年未提拔的，可享受正科待遇；正科级干部15年未提拔的，可享受副处级待遇；副处级干部15年未提拔的，可享受正处级待遇。

　　基层岗位留不住人才，基层工作不好做，而县以下机关公务员是做好基层工作、服务人民群众、巩固基层政权的骨干力量，《意见》的出台，建立起公务员职务与职级并行制度，形成职务与职级两个晋升通道，是对干部人事制度的重要调整和改革，也是对公务员制度的创新和完善，不仅是对得不到提升的公务员的鞭策激励，而且也是对基层工作的倾斜。同时，神级别的科员也不会再出现。

阿 南

我们和村"两委"有活动时，除了做饭的阿佳金珠，还有一位默默无闻的阿佳阿南。好几次见到她时都一笑而过，没有过多的接触，而在三月份村"两委"要求值班的人要睡在值班室，这给我们建立了沟通的机会。

阿南是村"两委"三个监督员之一，只要村里有活动她都会出现。比如"三·八"妇女节，阿佳金珠和她要一起去买东西；村里其他的会议或者慰问等她也要在场，除此之外，她和阿佳金珠还要给大家做饭。阿佳金珠炒菜，她就打下手。

阿南很勤快。以前提到过，我们工作队刚搬到新居时不知道该如何收拾厨房，就是她和阿佳金珠俩人二话不说、亲自动手，洗洗涮涮，教会了我们不分彼此共同使用厨房的锅碗瓢盆；再后来每次聚餐，都看到她主动把大家吃的碗碟洗得干干净净，用具摆得整整齐齐，厨房打扫得亮亮堂堂。而她值班的那天更是让我看到了阿南勤快善良的天性。

如果说村里的活动是要求她必须在厨房洗洗刷刷，那值班时她可以不用做其它事，只值班就可以了，可她却做了许多。她早早就给大家做了酥油茶、甜茶和清茶放在厨房，并且让我们惭愧的是，她还把前天大家聚餐的碗也洗了。当我准备给大家热馒头时，她还不忘嘱咐我说你多热点馒头，少了不够吃，其实这个道理我也懂，可是她说了，证明她把我们工作队和村里的人都看做一家人了，多么善良的人啊；吃早饭后，为了不打扰队友们，我

就在值班室写民情日记。她呢？拿起抹布把值班室的桌子、椅子甚至窗台擦了个干干净净，还把烟灰缸洗净晾干，把值班室的地毯扫了一遍。我过来帮忙，她却说，你别动，看书，我来。弄得我很不好意思，只有傻傻地站在那里，看着她做这做那。为了表示对她的敬意，也是相互分担，中午我特地早早地过来做饭，做了水煮肉片，炒了尖椒肉丝，热了剩饭剩菜，我没有告诉她，只是想用这种方式来默默地感谢她的劳动。就在我快炒完菜时，她的一个动作又让粗心的我佩服，她取筷子时一根一根的比较，是要让每个人都拿到长短一样的筷子。平时我们都是抓一大把，随意分给每个用餐的人，我们是城里人却还不如一个村里人细心。这样的一个小动作，是贴心的、是温馨的、更是善良的。当我们吃完饭还为一件事情各抒己见时，回头才想起洗碗时，碗已被她洗好，整整齐齐地摆放着。

不关她的事，却主动承担。可见她的勤快，并不只是工作需

要，那是一种发自内心的勤快和善良。什么是言传身教，这位村里的阿佳用自己的实际行动教育了我们这些城里人要用心待人待物。

"三·八"节村里四个组都要搞活动，但一二组比较远，队里就安排我和司机、阿佳金珠、阿南一起带着"三·八"活动的东西给一二组送去，同时送完东西我们还去了阿南家做客。看到收拾得干净、利索的家，再次感受到一个人的勤劳朴实是从内心流露出来的。

在她家里，还看到一张藏语字母识字图，她让儿子丹增罗布给大家指认藏语字母。这在村里很少看见，认字识图，让孩子从小就接触文化知识，为孩子成长成材打下基础，作为一个农村妇女能有这样的意识，我们佩服她的眼界，真不愧是村里的骨干。

在之后的聊天中，知道他丈夫在林芝打工，种青稞时才回来；她之前去过拉萨打工，可是由于家里没人照顾，她只得回家来。我还问了问以后孩子在哪里上学，她说要送孩子去乡里上幼儿园，那条件好，吃穿都是学校发，等孩子读四年级就去县里、以后还要让他去拉萨读书，她还特地强调说要让孩子好好读书，要懂文化，不要像她那样只读到初中。阿南，一个只有初中文化的母亲，要让自己的儿子读书、读大学，儿子寄托着她的梦想、她的希望。母亲的远见决定着儿子的前途，教育要从娃娃抓起，阿南是有远见的。

孩子上学读书，西藏有"三包"政策，她可以不发愁，可要让日子富裕，除了丈夫出外打工，她家的经济来源从哪来呢？后

面她说县里给鸡苗，要多少给多少不收钱，自己养，鸡肉和鸡蛋可以卖可以自己吃，家里还养了牛，县里还发化肥等都不要钱，平时自己做藏裙，当问她自己做这些拿出去卖了多少？她说很少。她还很自豪得说乡里有文化节什么的也会叫她去做饭，可她做的没有别人的好吃，以前县里也组织培训过做菜，但是时间太短了，学得很少，她还想学习做菜。农村政策深入人心、农牧民培训已见成效，如何让农牧民获益更多，我们还需做的很多。后面我和她聊天中就简单的说了下："阿佳，你们一组离县里很远，你平时把

鸡蛋存好，一个星期去一次县里，像这种吃青稞的鸡及其鸡蛋是很受欢迎的，市场上肯定能卖个好价钱；自己做的藏裙也可以拿出去卖，可藏裙、藏毯又重又贵，旅游的人买的少，可以做

个钱包之类的小工艺品，便于携带，再卖便宜点，又能增加销售

量。"阿佳阿南听后连连点头说:"就是、就是。"

我的这些想法不成熟,也不一定能成功,但是我只想给她提供点建议,希望能抛砖引玉,拓展她的思维,让她能自己去琢磨更多的东西。我想为民办实事也是这样,不是我们想给老百姓做什么,而是老百姓有什么想法、需要什么,我们去帮助他们解决。阿佳阿南,新时代农村妇女的代表,虽说文化程度不高,可贵是思想觉悟很高,而且她有一双勤劳的手、一颗朴实善良的心、一个有想法的头脑,我想在党的富民政策指引下,她的日子会过得越来越红火。

让她们"疯"一次

"三·八"这天早上,村里的妇女把河沟里的垃圾打扫了,然后就带着小孩来到了驻村点,大家摆好桌子,放上了由村委会和我们工作队共同出资买的花生、瓜子、糖果、酒水等,围坐在一起共庆这个欢快的节日。

我原本以为我们会在平时的会议室里过"三·八"节,可是当知道在隔壁的小库房里,我震惊了,为什么这样?就是这样对待妇女儿童的吗?那还过什么节?后面才知道,她们考虑到节日里小孩来的比较多,孩子们又小,万一弄倒饮料或不小心撒尿,会把会议室的地毯弄脏,所以商量在哪个房间

过节时,她们就把庆祝节日的场地选到了这间小库房里。她们又自己打扫小库房、搬桌子凳子等,简简单单作了布置,但却显得那么温馨。村里的妇女同志觉悟就是高啊!

阿佳们准备了酥油茶和自家的青稞酒,当然还有一个必不可少的物件——大碗。这个碗就是在过年时看到的那种能装 4 听啤酒的碗,今天"三·八"妇女节,这个碗要装的是满满一大碗的饮料,这是她们犒劳自己的"酒"。年龄大的阿妈喝酥油茶、年轻的阿佳有喝冰红茶的也有喝青稞酒的,小孩子则喝饮料,当然

稍大一点的孩子还有喝青稞酒的，对他们来说自家的青稞酒就是饮料。除了老人和小孩，其他人都是要喝这么一大碗的，不仅是好酒量还是好水量。阿佳们还不忘邀请附近的一些男士们一起来过节。

而不会喝酒的我，也被她们热情的拉着喝青稞酒。这个青稞酒的确是甜甜的，凉凉的，似乎是饮料。阿佳实在是太热情了，我也是太高兴了，喝了不少。匪夷所思的事发生了，我被人强吻了。不是喝醉了，也不是恶作剧，是一位老阿妈吻了我。她先竖起大拇指对我说："普姆，英吉布拉。（姑娘，很漂亮）"然后过来拉我的手，我也对她说着简单的藏语："土切纳（谢谢）。"接着她又用额头贴我的额头，然后用嘴亲吻我的脸颊，又说："普姆，羌同，雅布度（姑娘，喝青稞酒，很好）。"队友们和村书记还给我解释说阿妈啦看到你喝她们的青稞酒很高兴，很喜欢你。其实不用他们说我也看出来了，老阿妈的确是很喜欢我，因为我要去厕所时，她都拉着我不放，还跟我一起去，生怕我跑了。老阿妈实在是太可爱了，怎奈我抗拒不了她对我的爱，又喝了许多青稞酒。后来，才晓得这青稞酒是有度数的，而且后劲很大。

平日里，到村民家走访，看到都是阿佳们做饭洗碗喂牲畜干农活等忙碌的身影，今天"三·八"节日里，阿佳们唱起歌跳起舞，说了很多、笑得开心，孩子们也很高兴。阿佳们在这个节日里也没有闲下来，她们打扫卫生、唱歌跳舞时都还有背着孩子哄孩子的、有领着孩子给孩子喂饭的、给客人们敬酒唱歌的、给大家做饭的，等等，她们时时刻刻都在为他人着想，恪守着一位农村妇女应有的职责，对于今天的节日她们很满足，她们不奢望这个属于她们的节日里孩子由男人们来照顾、卫生由男人们来打扫、饭菜由男人们来做、礼物由男人们送、只留给她们嬉戏玩耍的时间。她们只要有这么一次"疯狂"就很满足了。我们应该为这些可敬可爱的阿佳们鼓掌，祝她们节日愉快、生活美满、扎西德勒！

相 聚 难

先讲个故事。

2007年,我的一个同学,通过公务员考试分配到日喀则吉隆县的一个乡里,可不到一年就辞职了。他说路太远,找个女朋友都挺困难的。

时隔八年,他的事我还是记忆尤深。当时他为了和在内地的女朋友一起过中秋,从村里雇了摩托车到乡里,再从乡里包了一辆车去县里,然后住一晚,第二天一大早再从县里坐上去日喀则地区的

车,幸好他还买上了当天晚上由日喀则发往拉萨的班车,能当天夜里赶到拉萨。到拉萨时前前后后车费花了3000多元,再加上从拉萨到咸阳的机票,为了和女朋友团聚单程的路费就花了近5000元,一个多月的工资都耗在路上了。而和女朋友相聚也就是半天的时间,然后又买票回拉萨,再回他工作的地方。这样一趟下来,一万元的路费就这样没了。当时他给我讲这件事的时候,电话这旁的我不知不觉的流下了眼泪,想她有这么爱她的男友,可真幸福啊。可是过完中秋不久他们就分手了,原因也许有很多,但我能体会到他的无奈,也能感受他女朋友的苦衷。这样

聚少离多的日子，不是哪个女人和家庭能承受得起的。之后，同学辞职了，但也没和他前女友在一起，最后做起了生意开了几家超市，现在日子过得红红火火。

当初他辞职时，也是下了很大的勇气，因为毕竟公务员这份职业是多少人羡慕的，稳定、光鲜。可现在想想，我还是很羡慕他，虽说他没有看似稳定的职业，但是他把家庭照顾的妥妥帖帖、生意做得风生水起、也赚了不少的钱，是我们这些远离家人、远离家乡的人难以企及的。

想想自己，独生子女，远在西藏，父母生病需要照顾时，我不在；父母寂寞无聊需要陪伴时，我还不在；最近四五年，我没有回去陪他们过一次年；每年都盼望休假的那么几十天能和父母呆在一起，多陪陪他们，可自己近两年都没休假，唯一一次回去还是因为生病请假回内地治疗，当时父母看到我那虚弱的身体，已是泣不成声，何谈尽孝心呢；以后我的孩子，是不是也要经历我的痛苦，而我也要体会我父母现在的感受呢？说到这些满纸尽是辛酸泪，而我这样的家庭情况还算好些，有的同事全家人地处三地，父母孩子在内地，自己在

拉萨，爱人又在西藏的一个地区，和爱人难以团聚，顾了父母孩子，顾不了爱人，顾了这边顾不了那边，真真是让情感压制于心，苦了自己苦了家人。在西藏这样的现象很普遍，像在藏工作的藏二代、甚至藏三代以及现在的藏一代等等，比比皆是，可是他们默默无闻、

不求名利、知足满足、没有牢骚、没有怨言，都用自己无私的奉献，舍小家顾大家的精神，为同事、为朋友、为单位、为西藏尽点绵薄之力，他们也是我们最值得敬佩的人。

天下没有远方，有爱就有故乡。

只愿：路不再远心更近，家人朋友健康。

101

站在别人的立场

喝酥油茶、吃糌粑、吃风干牛肉是在西藏工作的汉族干部必须学会的,尤其是在偏远的牧区,你不会吃这些,就意味着死亡。这是我刚参加工作时,在职业培训中老师告诉我们的。对于我来说,小的时候就呆在西藏,早已习惯这些,甚至还很喜欢这些东西,而那些刚进藏的内地人,听到这话着实吓得不浅。后面,他们下到各个地区、县才知道老师是跟大家开了个玩笑,即使在偏远的牧区除了那些当地的酥油等食物外,还是有很多内地食品,哪怕是他们实在吃不惯那些东西,还是可以生活的。

习惯的确是不一样,就说早餐吧,藏族同志喜欢喝酥油茶吃糌粑、喝甜茶吃藏面,而内地人喝粥吃包子、喝豆浆吃油条,等等。这些都是根据当地的气候条件、民族习俗等慢慢演化形成的。不过随着交流越来越多,你来我往的,各种各样的习俗在渗透、习惯在改变,一切都在交流与包

容中共进。

刚来驻村，看到村民一大早就开始喝青稞酒，劳作后也喝，吃完饭还喝，甚是不解。现在知道了，这就是当地的风俗，无可厚非；村里的茶馆、县里茶馆包括市里的茶馆，每天人都很多，人们喜欢晒着太阳，要一壶甜茶围坐在一起喝茶聊天，喜欢悠闲的日子。以前不能理解的，在经过了解后，从他人的角度看问题，都能理解坦然接受。

我们驻村四人，我一个汉族，我喜欢喝酥油茶和吃风干肉，尤其喜欢蘸风干肉的藏式辣椒，甚至是好些人不太习惯的血肠和藏包子，我都能吃得惯，也许这就是吃货的本能，所以驻村的饮食对我来说没有问题。可是队友们就有很多不习惯，比如他们不吃鱼不吃虾。有一次，我买了虾做给大家吃，他们也只吃了几个，其余的全被我吃了，为了照顾他们的感受，我也不再买鱼虾，只能让肚子里的馋虫忍忍，等到驻村结束去吃个够。有一名队友不吃羊肉，这在藏族同事中

还是少见的，我也只能不做，让大家忍着。还有不吃韭菜的，尤

其是春天不吃韭菜，简直有点浪费美食。还有一次，我买了维维豆奶，他们说喝着像面粉，尝过之后也都不喝了。他们早上起来的晚，我起的早，为了不影响他们，我就一人去河边散步；队友们吃饭晚，我吃饭早，不能统一时间，最后我也就靠喝水和运动来延长时间，那样好和队友们一起吃饭，以免他们误会我吃不惯。

驻村，让我学会了很多。在家里，很少洗碗做饭，也从没去给任何人拿过筷子递过碗，更何况去照顾别人的感受了，而在这里，我觉得自己长大了，懂事了，会从别人的角度看待问题。

感谢驻村的日子，让我收获了这宝贵的知识。

11 公里的快乐

从驻村点到县城，有 11 公里的路程，老司机开车 10 分钟，新手半小时，除了弯道多，也没觉得有什么特别。而就在这全员全时在岗的三月，让我们知道了，这 11 公里是多么的快乐。

先讲两个故事，都是从一个退伍老兵那里听来的。他说有个部队，驻地远、高海拔，看不到一点绿色，更不用说有树了。有一次从这个部队里出来休假的新兵，看到一棵树，竟不顾周围人的眼光，疯狂地跑过去抱树痛哭流涕；还有个部队，因路途远、交通差，长年只能吃罐头，当新兵们看着领导送来的大白菜，立马生啃

了几口，也是泪流满面。这是好多年前的故事了，虽是个笑话，有点夸张甚至是杜撰，但听起来觉得真实，也反映了在艰苦环境下，他们对绿色的渴望，对美好生活的向往，更是对自己坚守岗位的那份艰辛的释放。

听完他们的故事，现在大家也许能明白，我们这 11 公里的快乐。三月是敏感月，要维稳、要巡逻、要值班，要打起一万分精神确保平安无事故。同时，还要迎接区、市、县、乡四级的督

查。我们除了做好自己的驻村工作，还要坚守岗位，确保人人在岗，难度和压力可想而知。二月份过年期间，全员在岗，没有回家，趁年前才洗了个澡。没菜吃了，只能托村里的人帮我们买；洗澡更别提了；衣服穿了很长很长时间，后面一看已是油光发亮；哪怕是一公里都不敢出去，因为要随时全员在岗待命，所以我们只能"困"在驻村点上。我们没有网络，突然有一次，强基办有紧急文件要领，于是就有出去"放风"的机会了，但是只能去两人。借此机会，队长和一名队友，还带了四组组长一起去。在那短暂的一个小时里，队长和四组组长洗了个澡，队长想理发因人太多没理；队友报了简报，拿来文件，买了菜回来。

洗澡、买菜、领文件、发信息，都算是完成了一项项任务，要说快乐，那就是去县城的那11公里路程，就如同故事里讲到的"抱着树""生啃大白菜"一样，就像久经干旱的麦苗遇到细雨时的畅快，那是一种说不出的感受和滋味，也只有经历过在基层三月维稳的人才能体会。

说者无意　听者有心

有人的地方就有矛盾。不知这话对不对。

3月12日早晨，到隔壁拿水瓶，听到司机夸张的呼噜声，我给大家开玩笑说，他打呼噜像开火车。后来司机醒了，我看到他们窃窃私语，我也没在意，只是觉得大家对我有点异样。下午，队长找我谈话，说驻村4个月了，想和你谈谈，对他有什么意见。我当时也没多想，既然是谈心谈话，就把工作和生活上的想法意见说了些。但从他的语言中我似乎察觉到了"火药"味，也不知道自己哪里没做好，忐忑的心在3月13日上午终于有了答案。

3月13日上午，队长很郑重地来到我们房间，并叫上了另一队友，又跟我说："我听到一些传言，都是你说的，所以还要再跟你谈谈。"自己到底说错了什么、做错了什么呢？我很诧异、很震惊、很纳闷。首先，我觉得自己不是背后嚼舌根的人。其次，我每天除了写简报、整理资料、做饭、打扫卫生等

日常工作外,还有自己的事情做,如写心得、修照片,有时出去散步等,觉得很充实,哪有时间去管别的呢?最后,要说聊天啥的,也是和他们在一起的时间长啊,我藏语不好,学的也有限,再加上我习惯早睡,每晚睡得早,和他们聊天的时间也不是很长,能和谁说什么呢?但本能使然,我就说:"我说啥了?那好啊,谈嘛!但还是我们四个人坐一起说吧"。队长说司机在睡觉,我们说完了再去找他。我不同意,说即使司机还在睡觉,我们还是去了隔壁,他躺着,我们三人坐下来谈这件事。

"我说了什么?谁听到的?让他站出来。"队长说:"你先听我说完,然后你再说。"对于冤枉人的事,是能忍呢?我还是竭力遏制自己的怒火,忍了忍说了一句:"队长,好,我不打断您,您说完我再说"。我总结了他说的那些话,总共三点:一讲我说他(队长)没有权利,什么都在听另一名女队友的;二讲我说他和女队友有不正当关系;三讲我说村委会每天跟朗玛厅一样。

听完这些话,我顿时火冒三丈,着实感到委屈,骂人的心都有了。这不是六月飞雪嘛。朗玛厅三个字我很熟悉,因为昨天不知是谁把音乐放的特大,而且歌曲也很嘈杂，我就在司机面前随口说了句："谁放的音乐啊真吵，这又不是朗玛厅！"司机还说是第一书记放的。而当时只有我和司机两人在。对于第二个"污蔑"我的事，我说大家平时都在开玩笑，昨天队长去洗澡，我当着四组组长和你们几个人的面，说了句玩笑话是不是？你们也没在意是吧。还有一天早上，我看到队长和女队友都没在，出于关心，就问司机，队长和女队友去哪喽？一句很正常的话，让别人理解成我在背后说坏话，这不是歪曲事实吗？难道以后谁不在，我都不该关心，都该坐视不理，或者把简单的问话（他俩去哪里了）说得更复杂（队长去哪里了？女队友去哪里了？），更何况我没有拿原则性问题说事儿啊。再一个，有时队长去捡石头了，有人开玩笑说他去上山找寡

妇了，别人跟队长开玩笑就可以，大家就觉得无所谓，而我作为队员就不行？开个玩笑就上纲上线？最后对于第一个"污蔑"我的事，我只记得给司机说过一句买菜吃饭这些事要问女队友，当时有没有其他人在场我不记得了，我这样说是因为他们三个人饮食习惯一样，我一个人吃什么都行，而女队友作为女孩子，细心，更知道该买什么该怎么做，是不是问她最好呢？我出于尊重他们的饮食习惯考虑，难道这也是我在说队长没权利？真真是说者"无意"听者"有心"。

"矛头"都指向我，我当着大家的面把我该说的都说了，大

家当面"对质",司机说他昨晚酒喝多了,都是乱说的,给我道歉。队长也劝我,一个男人给你道歉了,大家也说开了,希望我原谅他,别在意。"真相"大白了,"疙瘩"解开了。但我很气愤,大家一起工作、一起生活,扪心自问,我从没做过违反原则、违背良心的事情啊,喝醉酒了就可以无中生有,拿我说事吗?后面想想,多大点事啊。为这点事产生矛盾,背上"包袱"影响工作,当真是不值的。

"横看成岭侧成峰,远近高低各不同"。这次"冲突"让我知道,虽说只是绿豆、芝麻大点事儿,但同一句话、同一个事,不同的人有不同的理解、不同的看法,这或许就是语言的差异、习惯的差异、理解的差异造成的"误解"吧,只有多交流、多沟通、多理解、多包容,才尽可能避免误会,才能增进团结,才能把工作做好。

就怕村民来敬酒

驻村,各种各样的困难,山高路远、高原缺氧、工作难做,可是再难我们也能克服,唯独这村民热情的敬酒着实让人招架不住。

尼木新年、藏历新年、春节看到村民用那么大碗的酒来敬你,你就知道村民是多么热情。可是当你了解后,你才知道村民吃完饭后要喝酒,劳作时要喝酒,走访时也更喜欢让你喝酒,这可如何是好?尤其是那些不喝酒的人,村民非得让你喝,不胜酒力怎么办?

又讲两个故事。

第一个故事。说有个在日喀则驻村的工作队,为村里做了很多实事,村民非常感激,新年期间好多天连续到驻村点敬酒。今天这拨村民敬酒,明天又来一拨,后天大后天又是,你喝了这拨的敬酒,就得喝另一拨的酒。不喝,村民就会说你喝了他的不喝我的不公平,再解释也没用,村民朴实的心就是你喝他高兴,你不喝他不高兴,要和村民打成一片,你能不喝吗?而新年又要求全员在岗,可全部都在村里,村民又要来敬你酒,新年庆祝 15 天,村民就来敬 15 天,而且每天都是从早到晚,这可是苦了不喝酒的人,最后他们只好躲到乡旅馆了。

第二个故事。离我们不远的一个工作队，四人除了司机都是80后、90后，和村民相处的也很融洽，在一起免不了要喝点酒，但他们酒量不大。一到逢年过节的日子，村民就到驻村点拉着他们敬酒，这可好了，年轻人身强力壮、手脚敏捷，就在院子里跑啊逃啊，村民就在院子里追啊抓啊，那场面一个热闹。

真可谓"两杯冷酒下肚，一腔热血沸腾"。

这些村民自发到驻村点给你敬酒，可是当你走访村民时，村民也会给你倒上酒让你喝，你走访的次数越多，喝酒的几率就越大，倘若村民给你斟满酒，不喝岂不是很尴尬？当然，我们的村民都很通情达理的，只要你坚持不喝，大多数也不会强迫。驻村，我们要把握好驻村工作的重点，要为民多办实事解难事，要和村民多谈心交心，最重要的是把"五项任务"完成好，喝不喝、什么时候喝、喝多喝少都要把握个度，既和老百姓融洽相处，又把工作做了，岂不是两全其美？

我很佩服群众的敬酒方式：有在你面前引亢高歌的，有翩翩起舞的，有说笑话扮鬼脸的，还有的甚至"苦苦相劝"。更有没想到的，一个小孩来敬酒，你不喝，他竟哇地一声大哭起来，哭得实在太突然，简直没一点思想准备，同时也深感小孩天生演员的禀赋……不知不觉酒已下肚，不知不觉醉意朦胧！

由石头引发的思考

在村民家里,在路旁的茶馆商店里,都能看到摆放的各式各样的石头。这些大都是从河边捡来的。

我们队长也有捡石头的爱好,工作之余,他会带着我们去河边捡石头,而且他捡的石头颜色比较特别、形状也有些古怪,似乎真有点儿收藏的价值。他的房间显眼位置"陈列"着形状各异的石头,来我们这里的客人看到这些石头都会拍手称赞。三月敏感期间,县纪检

委书记次旦贡觉几次来我们村检查指导,他也称赞这些石头样子很不错,说自己也有捡石头的喜爱,他还告诉队长在羊卓雍湖那边还有天眼石,等有时间了可以去看看。有一次,他利用督导期间的午饭时间,和我们队长去河边捡过一次石头,不过时间很短匆匆的就走了,也不可能捡到像样的

石头。我想县纪检委书记每天有忙不完的工作，还要经常到驻村点检查指导，压力也很大，即使遇见自己的爱好，也不能放手去休闲一下，还得继续工作，实属不易。当然，也不仅是县纪委书记，从上到下，西藏的每一名干部群众都在为社会平安稳定尽心尽力，尽职尽责，辛勤付出，才有了西藏社会的平安祥和稳定。

驻村闲暇之余，都要找点爱好来打发时间，捡石头是我们队长的爱好，既能考验人的耐心又能锻炼身体，而巴古村的队长喜欢写毛笔字下围棋，"万千沟壑于心中"，以静致远、陶冶情操，他们的副队长没事时喜欢绣"十字绣"，这在男同胞当中实不多见。有的喜欢

打游戏、有的喜欢喝酒等，总之都要给自己找点娱乐，不然枯燥无味，很难在这远离家的地方度过那漫漫长夜。

我们觉得这日子单调、无聊，可是再看看村民呢他们无非是喝甜茶、喝青稞酒、看电视、掷骰子等，好像也没其它什么娱乐。而在拉萨就不一样了，人们可以逛罗布林卡、可以带小孩去电影院看电影、去宗角禄康划船、去图书馆看书、去文艺馆看演出、去体育场看比赛等等，人们的娱乐场所很多。

记得藏历新年的一次写春联活动，这里的村民把我们驻村点围了个水泄不通，就知道这些文化下乡活动是很受村民喜欢的。如果让文化下乡活动次数再多些，内容再丰富些，成为定时定点、每月每周的必备节目，使之成为一种常态，这样不仅能让村民的文化视野得到扩展，也能让他们的精神世界得到提高。

善 行 义 举

他，孙伟，从辽宁来到了西藏，从头做起，一步一个脚印，一步一步发展壮大，拉萨的繁荣有他的身影，同时他也见证了拉萨的繁荣发展。如今，他俨然是一位成功人士，然而他没有忘记在艰苦创业时给予他关怀的西藏人民，他也在努力回报社会，为那些需要帮助的人尽自己的绵薄之力，多次资助贫困人群。

在我们驻村期间，队长向他讲明了村里的情况，他慷慨答应为村里办点实事。

元旦前夕，孙伟来到我们驻村点，为村里两户有大学生的贫困家庭发放慰问资助金 24 000 元，每户 12 000 元。我们原本想好好招待他，替村民感谢他的关怀和帮助，可是他却不想给我们添麻烦，在村里简单吃了个便饭，其中有一道"名菜"——榨菜。榨菜并不代表什么，可是说明他体谅别人，他体谅我们驻村工作队的条件，他也不想因为自己的捐赠而受到过多的感谢。

他的举动弘扬了人间真善美、传递了社会正能量，也体现了社会主义核心价值观。

苦命的女人

她，从日喀则远嫁到根比村，丈夫不幸早逝，留下了她和两个孩子。后来，她又嫁给了丈夫的弟弟，又育有一个孩子。三个孩子使原本并不富裕的家庭更加艰难。最后，家里把她和前夫的一个孩子送给别人抚养。这第二次婚姻，也没能使她幸福，丈夫的弟弟喝了酒就打她，让她饱受摧残。有一次打架还把她的胳膊肘砍伤，鲜血直流，痛苦难耐。母亲得知女儿的悲惨境遇后从日喀则赶来看她，可任性丈夫又拿刀砍伤了她的母亲，而她只有流泪、默不作声，别无他法。不幸的事接二连三地发生，她在坐摩托车时又出了车祸，把腿撞断了，去了拉萨市医院，而她的情况不属于医保范围，她又没钱医治，只

作了简单处理就回到农村，病魔让她苦不堪言，只得找当地的乡土医生拿了些药，后来病情越拖越严重，而丈夫还是不给她钱治病，病情一再耽误。我们驻村工作队在家访时了解到这件事，多方协调后带她去了医院，拍了 X 光片，给她买了拐杖，送去了慰问品，经过医院的系统治疗，现在她的腿慢慢地好起来了，基本可以不用拐杖，但仍需要长时间的恢复才能自由行走。

在走访慰问中，我们工作队在处理这件事时，都是思量再

三,怕一些不明事理的人眼红工作队对她的关怀,不仅不会同情这个不幸的女人,相反还会嫉妒仇恨她,说些风凉话、造谣、刺激她,甚至使我们驻村工作队对她的帮助起了反作用,这样反而事与愿违。我们本想资助她一些现金,但考虑她的家庭情况,怕给了钱被丈夫拿走,于是就给她买了一些营养品和慰问品,多方鼓励她,让她对生活充满阳光和希望。同时,为防止大家误解驻村工作队和她,还给村民讲明了情况,邻里之间要互相关心、互相帮助,无论是谁家遇到困难了,我们驻村工作队都会一视同仁,都会竭尽全力来帮助大家解决问题的。

可怜的女人,在经历丈夫逝去的痛苦后,还要再经受这样备受折磨的婚姻,我曾问过为什么不选择离婚?不离是因为她没有经济来源,虽然现在的男人经常打她,但是她还得靠这个男人生活,而且现在行动起来还很不方便,离开这个家她就没着落,再说她还有自己的几个孩子,她走了,孩子怎么办呢?所以她只有选择沉默。古语有云:宁拆一座庙,不拆一桩婚。作为驻村工作队,我们走村入户了解民情,看到了这样的家庭矛盾,我们只能调解不能包办,只能尽可能的减少受害者的痛苦,其他的还能做什么呢?清官难断家务事,更何况是在这样的农村里,婆媳关系、夫妻关系、邻里关系等,既简单又复杂,处理不好,会带来更大的矛盾。如果硬是让他们离婚,离婚后真的能幸福吗?也许在城市里,还能靠救济、打工等来维持生活,可以不受外人的说三道四,各过各的生活,可在农村则不一样,东家理短西家理长，都有人说道，人们的眼界也不像城市人那么宽泛，再加上当地的习俗，女人身上的包袱太多，对于女人来说人言更可畏，甚至一句话都可能给她带来不小的祸端。

倘若在她嫁到这里前，有一份稳定的职业或者收入，即使失去丈夫，她也可以有经济来源，不用靠男人来养活自己和孩子；或者即使她丈夫不在了，她也应该有主见选择一个对自己好、一个自己所爱的男人嫁了，那也就不用忍受男人的毒打，也会有一个幸福的婚姻。一个女人的主见来源于哪？她，从小在农村长大，又没受过多少文化教育，从小受的家庭教育就是男主外女主内，男人就是天，一切都要听男人的，所以才造成了这样的结果。如果自小就接受文化教育，知道人人都要自强，女人不仅可以在家洗碗做饭带孩子，还能走上社会干大事，也能顶半边天。那她可能也会像阿南那样，通过自己的劳动为家里赚钱、培养自己的孩子成才、有一个幸福的家庭。

家庭暴力，是一种严重的社会现象，全国、全世界都不同程度存在，在偏远农牧区也不例外，直接影响着家庭和睦、社会和谐，令人深恶痛绝。在我国，家庭暴力已经写入了刑法。通过法律的手段解决问题，虽有强的约束力，可家庭亲情友情还存在吗？这个家庭还能继续维系吗？通过调解或许是个好方法，但约束力不强，经常反复。如何更好地减少甚至是杜绝家庭暴力呢？值得我们大家、值得全社会高度重视、深入思考、认真探索。

取 经

驻村工作队之间，有时也经常走走串串，互相联系、互相学习，互相探讨驻村工作经验。吞达村离乡里最近，巴古村离县里最近。所以我们有时候会到这两个驻村点转转，但去巴古村多点。

驻巴古村工作队是尼木县下派的四名男同志，来自三家不同的单位，两个汉族，两个藏族，共同组成了这支队伍。第一次去巴古村，我们学习了他们的一些工作经验。如他们的宣传展板做得很不错，自行把党的十八届四中全会、区市八届六次全委会及县委八届五次会精神译成藏文，方便群众学习领会。还制作了宣传橱窗，定期把藏文版《人民日报》《西藏日报》《拉萨晚报》放进橱窗，供过往群众随时阅读。一些需要公示的东西也放进橱窗供人们了解监督。

我们了解了一些细节。他们做饭洗碗四人轮流进行、一人一天。家访时要一个汉族、一个藏族搭配，有时去三人，有时两人，至少一人留守。简报、材料、日记等日常工作，都有明确的责任分工。为了驻村点及时了解强基办下发文件,也为了让大家能在驻村点呆得住,他们主动联系拉了网络,队长还从家里带来了围棋,让大家闲暇之余下围棋或五子棋。还得知,他们去慰问困难户时,纪委查到驻村点没人,大家被批评了一顿,他们到现在还挺内疚,总觉得自己工作没做好。还了解到,他们村委会班子成员似乎比我们村委会的成员年纪要大,村民也喝青稞酒,但似乎没有我们村民能喝……

后来,因我们村没有网络,有时需要发简报、资料,又去过他们那几次。冬天他们水管冻了没水,四人要去两公里外抬水。听队长说,他们水管是4月1日上午09:30分准时来水的……驻村队之间,相互走走窜窜,相互交流借鉴,以利于我们的驻村工作。

还有一点没告诉大家,驻巴古村工作队队长是咱老公。

藏历新年的由来

过了尼木新年、藏历新年、春节三个新年,让我对藏区为什么会出现不同的新年有些疑惑。所以问了藏族同事和村民,还查了些资料,似乎懂了些。

相传在藏王松赞干布时期,内地夏历与印度时轮历法相继传入,后来由藏族天文学家桑杰益西、坚参白桑等人,以内地夏历和印度时轮历及藏区古老的《嘎姆白玛》历法为基础,创制出藏地的传统历法。

主要采用五行(金、木、水、火、土)和十二生肖(鼠、牛、虎、兔、龙、蛇、马、羊、猴、鸡、狗、猪)来计算年、月、日。一年十二个月,月分大建和小建,大建三十天,小建二十九天。三年一次闰月,用以调整月份和季节的关系。每月的天数有盈有缺,吉祥的日子可以重复一天,凶黑日子则例行缺漏。十二年为一小循环(小甲子),六十年为一"绕琼"(大甲子)。西藏第一"绕琼"纪元是从公元1027年开始的。

藏历新年是藏地一年中最为隆重的节日,从藏历正月初一开始,至正月十五结束,持续十五天。关于藏历新年,据说在很久以前,每当庄稼成熟收获时,藏族同胞们就会载歌载舞,欢庆丰收,年复一年,他们就把青稞成熟的时候,作为一年的开始。《新唐书·吐蕃传》中记载:"其四时,以麦熟为岁首"。岁首就是新年。

公元七世纪，松赞干布迎娶了文成公主。她不远千里来到松赞干布身边，不仅带来了爱情，带来了汉家友谊，更带来了汉地天文历书以及耕作技术和生产工具。文成公主入藏，促进了西藏经济、文化的发展。也

就是从这段千古传颂的爱情故事开始，藏地的历法发生了改变，吸收了汉地的天文知识，有了欢度新年的习俗。

公元十世纪以来，由于吐蕃王朝的分裂造成地方割据局势，在不同地区不同时间过新年的习俗开始形成，延续至今。如日喀则、泽当等地的藏历新年为十二月初一；林芝地

区藏历十月初一至初七，人称"贡布年"。

公元十三世纪中叶，藏地历算把正月定为孟春，把正月初一定为新年之始，藏民族过新年的习惯从此而来。安多和康巴地区的春节与内地春节同时欢度，据说是受清末川滇边疆大臣赵尔丰"改土归流"政策的影响。随着时间的推移，部分地方的人们为了生产、生活、年节活动等的方便，与农历春节同时进行节庆活动，活动内容也大致相同。所以我们才会过了尼木新年，然后又过了藏历新年和春节。2015年的藏历新年和春节又恰好同一天。

藏历新年与春节时间上那么接近的原因就是汉藏文化融合的产物，有着血肉相连的历史渊源。（参考百度、人民网）

习 俗

之前，我们驻村工作队在大年三十制作了切玛盒，还有他们带来的卡塞，等等这些，都是藏民族的传统习俗。下面说说这些传统习俗。

藏历年，是藏族人民最隆重的节日。从藏历十二月初，人们便开始准备年货。家家户户开始在水盆中浸泡青稞，培育青苗，藏历年初一那天，要将长约一二寸的青苗，摆于佛龛之上，预祝新年粮食丰收。十二月中旬开始准备酥油

和白面，陆续炸"卡赛"（果子），这是家庭主妇们大显身手的时候。"卡赛"的种类很多，有耳朵状的"可过"，有长条形的"那夏"，有大麻花似的"木东"，有圆盘状的"不鲁"，还有勺子状的"丙多"。

接近新年，要准备一个叫"竹素切玛"的五谷斗，斗内装满酥油拌成的糌粑、炒麦粒和人参果等食品，上面插上青稞穗、鸡冠花和酥油制作的"孜卓"（彩花板），还要准备一个彩色酥油花塑"鲁过"（羊头）。所有这些摆设，标志过去一年的收成，预祝来年风调雨顺、五谷丰登、六畜兴旺。除夕前两天，家家户户进行大扫除，摆上新卡垫，贴上新年画。

二十九日晚饭前，要在打扫干净的灶房正中墙上，用干面粉

撒上"吉祥八宝",村书记次达家画的是切玛盒和白点;在大门上用石灰粉画上象征吉祥、永恒的符号,如像蝎子一样的图案;有的在自家房梁上画很多的白粉点,表示人寿粮丰,在许多村民家里都有。晚饭吃"古突"(面疙瘩)。

尼木新年晚饭,村书记家就用这个招待我们。这与内地吃年夜饭的习惯一样。"古突"的做法和包饺子有点相似,用面皮将馅捏在里面。要特意制作几个包有石子、辣椒、羊毛、木炭、硬币的"古突"。石子喻意心硬,辣椒喻意嘴硬,羊毛喻意心软,木炭喻意心黑,硬币喻意财旺。谁吃到这些东西,要即席告之众人,引得一团欢笑,其乐融融,增添无数欢乐的气氛。

除夕夜,各家在佛像前摆好各种食品,准备好节日新装。女主人将煮好"观颠"(放入红糖、碎奶渣、糌粑等混合而成的热青稞酒),初一早上天刚亮就送到家人被窝前,让他们喝。

藏历大年初一,男女老少,见面时都要互道"洛萨·扎西德勒"(新年好)。传统习惯是女主人先起床,洗漱完毕,打上第一桶水,喂饱牲畜后回屋唤醒一家人。长辈端来"切玛",每人都先用拇指和食指抓上一小撮,向斜上方撒三下,表示敬天地,接着抓一点送进嘴里,叫吃"切玛",相互祝福"扎西德勒",预祝明年新年全家又如此团聚欢庆。初一这天,一般禁止扫地,不准说不吉利的话,闭门欢聚,互不相访。从初二开始走亲访友,互相拜年,持续三至五天。

新年期间,孩子们燃放鞭炮,大家喝青稞酒、酥油茶,互相祝酒,尽情欢乐。城乡演唱藏戏,跳锅庄和弦子舞。拉萨罗布林卡显得特别热闹。

小 插 曲

在"3·28,西藏百万农奴解放纪念日"的前一天,3月27日,我们和村书记一起去海拔4300多米的根比村一二组,为村民发国旗。刚开始,我们几个一起去村民家,可一个小时下来才走了四五家。因为还要去山那边的三组,怕时间来不及,所以我们分成两组。队长和书记一组,我和另一名女队员一组,挨家挨户敲门送国旗,叮嘱他们把掉色的国旗换掉,换成崭新的国旗。

有的村民家我们是去过了好多次,有的只去了一两次,然而无论是哪家,村民对我们都很热情。当我们这一组走到一组村落中间时,突然队长打来电话说发错了。我们有些懵了,难道不是发国旗?正当我们俩纳闷时,队长急匆匆地赶过来说这不是国旗,是党旗!发错了,发错了。我们俩就赶紧打开手中的包装袋看了看,发现我们拿的确实是国旗,再看看队长那边拿的几个也真是党旗,

这下可惨了,发了好几户呢,如果拿错了,我们还得开车翻山去

县里重新拿,那就太费事了。我就跑到车边,打开后盖把剩下的国旗检查了一遍,没有发现党旗,这悬着的心才算定了下来。对于发错的那几家,我们又重新走了一遍。最后才知道,是店老板把10面国旗弄错了,拿成了党旗。我们当时没太注意,也没有一一清点,这倒是给了我们一个教训,基层群众工作来不得半点马虎啊。

记得儿时的一位语文老师,很喜欢革命样板戏,经常在教室里为我们唱几句,唱的大都是《毛主席语录》里的句子,其中几句还记忆犹新——"毛主席教导我们说,粗枝大叶不行,粗枝大叶往往搞错"——很有道理。

"3·28" 西藏百万农奴解放纪念日

3月28日,驻村点五星红旗迎风飘扬,"隆重庆祝西藏百万农奴解放五十六周年"的横幅显得格外引人注目。当天,工作队组织村委班子成员、村民代表齐聚村委大院,共同庆祝"3·28"西藏百万农奴解放纪念日!

队长次扎简要讲述了"3·28"西藏百万农奴解放纪念日的由来,回顾了西藏

和平解放以来,西藏人民在中国共产党的领导下,历经"一个转折点、两个里程碑"的光辉历程,西藏社会所发生的翻天覆地的变化,号召广大群众永远爱党、信党、跟党走,用自己的实际行动维护好、发展好今天来之不易的大好局面。随后,组织开展了"共同团结奋斗、共同团结发展"等相关爱国主义教育,向老党员和残疾人发放了棉被、毛毯等慰问品。

我们驻村工作队用慰问和学习的形式,和村民一起来庆祝西藏农奴翻身做主的这一历史时刻,就是让大家铭记历史、珍视现在、开创未来,铭记"没有共产党就没新中国,就没有社会主义新西藏,就没有我们今天幸福美好的生活",只有在共产党的领导下,我们的生活才会变得越来越好,越来越幸福。

在拉萨市广播电视台领导的大力支持下，3月26日，我们驻村工作队和村"两委"班子一起，在县里购买了总价值7200元的慰问物资，包括31套棉被、31套毛毯和31套被套。

"3·28"西藏百万农奴解放纪念日的由来

2009年1月19日，在西藏自治区九届人大二次会议上，全区与会的382名代表一致表决通过了《西藏自治区人民代表大会关于设立西藏百万农奴解放纪念日的决定》，将每年的3月28日设为西藏百万农奴解放纪念日。西藏自治区人大设立"西藏百万农奴解放纪念日"，让包括藏族在内的全体中华民族永远牢记50年前西藏平叛和民主改革这一历史性事件。

1959年3月10日，西藏反动上层集团公开撕毁和平解放西藏办法的《十七条协议》，悍然发动了旨在分裂祖国的全面武装叛乱。同年3月28日，国务院总理周恩来发布命令，宣布解散西藏地方政府，进行民主改革。这一天成为新旧西藏的分水岭。西藏各族人民在中国共产党的领导下，一边平叛一边进行民主改革，百万农奴翻身获得了解放。

1965年8月25日，全国人大常委会通过了关于成立西藏自治区的决议。

1965年9月1日，西藏自治区第一届人民代表大会第一次会议在拉萨举行。以国务院副总理谢富治为团长的中央代表团到会祝贺。

1965年9月9日，西藏自治区正式宣告成立。（参考百度）

温　　暖

　　三月底，天气慢慢暖和起来，远处的树、草，若隐若现的冒着绿色，真可谓"草色遥看近却无"。整个三月，全员在岗在位，区、市、县、乡四级督导检查，慰问、巡逻、值班、办实事、做好事，使我们每个人都绷紧了弦，一刻也不敢放松。

　　四月初，路边的柳枝发芽了、村里的桃花开了，万物生机勃勃，给人一片新绿，心情立刻焕发出光彩，不仅闻到了春的气息，而且紧张的心情也暂时可以得到休整。

　　回想几个月来，市里的慰问、县里的慰问、乡里的慰问、台里的慰问，使我们在寒冷的冬季感受到了组织的关怀，领导们不

仅带来了温暖，还教给我们工作的方法、细节，如：如何和老百姓建立起信任的桥梁，如何把为民办实事落到实处，如何更好地开展好驻村工作，等等，我们如沐春风，受益匪浅，对驻村工作更加充满信心。

我们这批工作队驻村以来，在元旦、尼木新年、藏历新年、春节、"3·8""3·28"等节日里，共计投入慰问金5万多元，用于慰问根比村的困难村民，为一组拉巴次仁建了新房，购买了藏式家具，市广电局党

组书记索群还自掏腰包为他们置办了藏式卡垫；市电视台台长关健华也多次来到根比村，看望慰问结对户，送去了慰问金和慰问品。在帮助根比村脱贫致富的道路上，几批驻村工作队本着"为民办实事、群众得实惠"的原则，经广泛征求群众意见并商讨村"两委"班子，在根比村二、四组新建了电动糌粑石磨房，实现群众在家门口就能磨制新鲜糌粑；实施了公路改（扩）建、扶贫商品房建设等"短平快"项目。这些项目的实施，在很大程度上改善了当地生产生活条件。

在希望的田野上

三月的尼木，丽日晴空，乍暖还寒！村民们开始春耕备耕了！开着拖拉机从县里领回了化肥、种子，领回了我们局系统为根比村购买的微耕机。翻土之前，村民要把牛羊粪、秸杆等混合发酵而成的农家肥送至田间，均匀分成小堆，耕在地里，以补充养分，这样土地更肥沃、庄稼更壮实。据当地群众讲，一亩地大约需要120箩筐农家肥。等撒完农家肥、翻完土、洒完农药、施完化肥，就要向地里撒种子。值得一提的是，同样是春耕，老人们喜欢用牛耕，俗称"二牛抬杠"；年经小伙

们喜欢用机耕，主要是微耕机，也有极少数人用拖拉机的。这倒是个有趣的现象。

这样过上一个月，约4月20日左右，雨水即将来临，村民开始播种了。将化肥、种子撒在地里，用一种类似耙子的木制农具在地上浅浅地耕上一遍，垄成一行一行的，以掩埋种子、方便浇灌。青稞种子基本有两种样式，一种是红色包衣的，一种是无包衣的自然型。其后，

浇上水。在播种前几天，村民们要组织起来，集中力量对水渠进行疏导维护。

据说春耕时，村民要举行传统的春耕春播仪式——身着节日盛装，齐聚在农田上，在拖拉机、犁耙系上洁白的哈达，共同吟诵传统歌谣，将手中的糌粑洒向空中，祈祷大丰收。村民们还要举行丰富多彩的文娱活动，比如拔河比赛、集体锅庄舞等，展现新时期农牧民的新面貌。

这些隆重的场景，我在村里没有亲眼看到，但看到了村民们热火朝天的农作场景，他们有的挖开沟渠给庄稼地里灌水，有的在向地里撒化肥，有的开着微耕机耕种，有的挥锹平整田间小道，有的赶着牦牛犁地，俨然一幅春耕图。少了份花哨，却多了份朴实。

春华秋实。一年之计在于春。村民把种子播在地里，把希望撒在地里，把汗水播撒在地里，希望有个好收成。4月13日，尼木县下起了2015年的第一场春雨。我有幸看到了村民春耕春播的煨桑仪式。

一分耕耘，一分收获。

劳动托起中国梦！

禁不住哼起了那首脍炙人口的歌谣。

在希望的田野上

原始青稞的味道

在深入了解民情的基础上，通过和村"两委"班子沟通，我们在根比村二组、四组建成了电动水磨房，还需要建炒青稞房，以及购买炒青稞机器。因为没有经验，于是我们四处打听，最后听说续迈乡尼续村厂房建得不错，我们工作队就前往取经。

一路走来，我们看到了续迈河水很"热情"，冒着缕缕热气，几个阿佳正在河边洗衣服。队友开玩笑说，这里可真好啊，洗衣服都有热水，哪天有时间了我们来这洗温泉呢！说说笑笑，到了尼续村。

我们首先去了设备房，正逢有人炒青稞。看着运行的机器，闻到了青稞的香味，尝一尝，刚炒出来的，热乎乎的，带着原始的清香！这还是我第一次吃到这么醇正的青稞。我们询问了机器的事，原来他们是外村人，来这里磨青稞的，具体情况也不知道，让我们去问问驻村工作队。

得知这里驻村工作队是市卫

生局下派的,和我们单位在同一条街,算是街坊邻居,彼此都感觉很亲切。一阵寒暄之后,经工作队介绍,我们和卖炒青稞设备的老板取得了联系,

得知这种机器已不是很先进的,曲水、达孜等地的数十台机器都是新机型,比原来的机器要好。当我们把实际情况说明后,老板说如果我们村比较急需,可以先预付一些定金,然后把别人定的机器先给我们安装。队长把这些情况向台里作了汇报。

像我这样很少接触过田地,都能把小麦和韭菜搞混,而有幸尝到了炒青稞淡淡的清香,这是终身都不会忘掉的。

只有深入基层,植根群众,才能体会到这样的味道。

251公里 为了一碗米线

有朋友在日喀则工作,在一次聊天中说起日喀则市有一家米线特好吃,让我去尝尝。她就这么说说,可我当真了,加上我们这离日喀则还算近,属于从拉萨到日喀则的中途地段,我就更加想去日喀则。再想想当首次日喀则的火车开通时,没时间去,只有羡慕的份,这次就算是为了满足自己的胃,也是要狠下心去趟日喀则,感受下从拉萨开往日喀则的火车。

一个轮休的日子。本来和朋友约好一起去,怎奈一个周末要约会,一个周末要值班,最后就临时约了另一个曾在日喀则工作的朋友一起去。我们买了4月18日到日喀则的票,早上九点出发,不到中午十二点就到了日喀则火车站。在火车上,看到了河对岸我们驻村点,有雅江流过、有公路通过、有群山绕过,

这个季节树也绿了、山也露出绿意,放眼望去,我们驻村点真有些像个城堡,我们驻村的人显然是堡主了。我为自己有机会在这样的地方驻村感到自豪。

拉日铁路全长251公里,坐火车近三个小时,倘若自己开车,沿途限速,得六七个小时才能到达。当天我们本想去扎寺参观的,怕赶不上回来的火车,就在日喀则市主要街道转了转,重要的是吃上朋友说的米线。要说有多么特别呢似乎也没有,但这251公里的路程,已经决定了这个米线是必定要好吃的,不然就

对不住走这么远的路程了。当天我们买了下午五点半的火车票回拉萨。朋友知道我为吃米线而专门去了趟日喀则，都佩服我对米线的情怀，说肯定很好吃吧，我说这是必须的。

回想下这一天的旅程，米线的味道早已远去，却留下了旅途的感受，那就是坐火车的感觉让人感慨，怎一个"快"字了得。平时我们从拉萨到尼木都得两个多小时，一个有些晕车的女同志说以后再也不想来尼木了，受不了那份坐车的罪。我想以后她可以坐火车来尼木，从拉萨到尼木站（吞巴乡）才一个小时。火车的开通，缩短了距离，拉近了路程，无论对于终点日喀则还是沿途如曲水站、吞巴站、仁布站等都是一种机遇，不仅给当地群众出行带来方便，还拉动了沿途的经济。

"坐上火车去拉萨，去看美丽的布达拉"，表达了人们对建成青藏铁路的喜悦心情！现在到日喀则的火车通了，到林芝的铁路也正在建设中，将来川藏、新藏、滇藏铁路到时了也修通了，还可能延伸至中尼、中印边界，那又将是一种怎样的风景呢？也许那里也有那么一种美味的"米线"，期待中。

遗　　　憾

来吞巴乡根比村驻村半年了，也经常到乡政府开会学习，却没来得及到吞巴景区看看。

吞巴景区座落在吞巴乡政府驻地，与尼木火车站仅一路之隔（318国道）。这里有全国第一个藏文字博物馆、多个国家级和自治区级非物质文化遗产，先后被评为"中国最美村镇"、"中国历史文化名村"等称号。这里是藏文字创始人吞弥·桑布扎的故乡，吞弥故居就在其内。吞弥·桑布扎是松赞干布时期著名大臣，据传他在古梵文的基础

上创造了藏文字，还教会了当地居民制作藏香。每年5至10月是吞巴景区的旅游旺季，来这里参观的游客络绎不绝。

团　　队

我们的团队——拉萨市电视台第四批驻根比村工作队。

我们的团队,有时也为做饭、洗碗等日常锁事相互埋怨,但这并不影响我们的团队精神、团队感情。

我感谢我们的团队。

那天,我觉得不舒服,胸闷、气短,早早回到卧室吸氧,没想到被细心的队长次扎看到了,问我是不是不舒服,我说没事

儿。队长见我没说啥,带着怀疑离开了。临走时还说,如果不舒服,就开车送去医院看看,别扛着。

晚上一夜没睡,第二天早早醒来,自个儿在那吸氧。女队友还在睡觉。实在坚持不住了,便给次扎打了个电话,说身体不太舒服,问能不能把我送到县里,想去拿身份证(车停县里了,身份证放车上),顺便坐金杯去拉萨医院看下。

队长次扎急匆匆地起来,叫上女队友,先开车到县上拿身份证,又急匆匆地把我送到拉萨,匆匆吃了便饭,又匆匆地赶回了驻村点。晚上,队长专门打来电话,询问病情。

经过一段时间的住院治疗,身体明显好转。

也就在我住院期间,5月12日,我们驻村结束了,连驻村

工作交接也没赶上。

想想驻村的日子,时间过得真快。不知不觉留恋起驻村的日子,虽然单调、清贫,却也充实,以苦作乐,虽苦也甜。经常想起驻村的工作,觉得还有很多工作还没做好,甚至没来得及做,还须要下更大的功夫。

我感谢我们的团队。

后　　记

　　刚开始驻村时，没想到要出一本小册子，只是把自己的一些经历、感受记录下来，算是娱乐消遣。写着写着，文字开始多了，同事开玩笑说"可以出书了！"在与驻村的朋友交流中，发现他们驻村也有许多趣事，有共性的，有个性的，喜、怒、哀、乐掺杂其中，各有不同。于是乎冒出个想法：把自己的驻村见闻和感受与大家分享，让更多的人了解我们驻村的工作和生活。于是工作之余，用相机和文字记录下所做、所看、所闻、所想、所悟，便有了这本《格桑花开》的雏形，算是"看图说话"吧。

　　说起这本书的名字，还颇费了一翻周折。初名叫《驻村札记》，编辑老师说太平凡、太普通了，没有体现出西藏高原驻村工作的特色。于是我们集思广益，草拟了很多标题，最终确定为《格桑花开》。格桑，藏语意为幸福，所以格桑花又叫幸福花。也有人将其称作张大人花，以对清末驻藏大臣张荫棠的敬仰和怀念。格桑花属蔷薇科，主要分布在我国藏、青、川、滇3 500米以上的高原。她抗风雪、耐严寒，端庄典雅、清丽高洁，成为人们追求幸福吉祥和美好情感的象征，就连一些影视、歌曲、杂志也多以此为题材，以格桑命名者更是不计其数。格桑花有许多美丽动人传说，为人们熟知和喜爱，融入了人们的生产生活，成为西藏的代名词。驻村工作犹如格桑花一样，也深受广大人民群众的欢迎和热爱。《格桑花开》，格桑花开了，展现出无限的青春与活力，给人以无限的遐想和希望。但通俗的讲，这本《格桑花开》就是《驻村扎记》，记录着笔者驻村工作的点点滴滴。

　　驻村工作对我来说，是新鲜的、是枯燥的、是精彩的、是有压力的，更是很有收获的。说新鲜，是因为我们平时在机关单位工作，很少有机会深入农村牧户、田间地头，与群众面对面拉家常、交朋友，无法了解群众的所思所想所需所盼，更不用说切身感受当地风土人情和村民的热情。驻村工作为我们提供了与群众"同吃、同住、同劳动、同学习"的交流平台，提供了亲身为群众做点实事的机会。说枯燥，因为毕竟是最基层，村里的各方面条件都比较艰苦，停水停电的日子时有发生，要是遇上不良天气，"锅盖"信号差，电视也看不到，蔬菜吃完了，吃点榨菜、方便面凑合凑合。说精彩，围绕驻村工作"五项任务"，我们做了大量工作，有欢笑、有付出、有感动，与群众结下了深厚情谊，群众的认可就是我们最大的成效，平凡之中见精彩。说压力，基层维稳压力大，尤其是在"四大节日"（元旦、尼木年、春节、藏历年）、三月敏感节点期间，要24小时全员全时在岗，采取各种措施确保村里平安祥和，担心自己工作上的疏忽，给村里添乱、给单位添乱。说收获，在半年的驻村工作实践中，收获了驻村工作的经历，接地气，长见识，开阔了思维，拓展了视野，政治思想和工作技能都有新的提高，可以说得到了锻炼、经受了考验、积累了经验，受益终生。这些，我想每位驻村同志都有深切的感受吧！

经过多方面的努力，我的《格桑花开》顺利面世了，我的心里充满了感激。感谢强基办对本书提出的宝贵意见；感谢市广电局、市电视台、尼木县等单位领导的大力支持；感谢根比村父老乡亲对我们驻村工作的青睐与厚爱；感谢队长次扎、队员索曲、旦增，感谢我们团队对我驻村工作和生活的关怀和照顾；感谢朋友家人的鞭策与鼓励；感谢西北工业大学出版社为本书出版所付出的辛勤劳动；感谢那段驻村的日子！

"天下没有远方，人间都是故乡"。这是拉萨大型舞台剧《文成公主》的经典台词。我也常常勉励自己"因为爱、所以爱"，并以此作为激励自己永不懈怠的动力。驻村结束了，倒经常想起那段驻村的日子：家访、慰问、值班、巡逻、宣讲、实事等历历在目；还有那一个个熟悉的面容，如经常帮我们做饭的阿佳金珠、阿南，象棋爷爷，干杯的小男孩，还有那悉通人性的黑狗……最让我惦记的是受伤拄拐的家庭弱者阿佳，她的伤势早痊愈了吧，家庭和睦了吧？我衷心祝愿根比村发展得更好，乡亲们生活得更好！

《格桑花开》虽然出版了，但笔者水平实在有限，无法整体反映驻村工作全貌，自己的一些思想感悟也难免片面、偏颇，心里总是忐忑不安。说真的，生怕自己的"故事"缺陷，给我的团队抹黑、给单位抹黑，甚至给整个驻村工作抹黑。在此，真诚欢迎读者朋友们不吝提出宝贵意见，以帮助我改正和进步。

谨以此书献给那些驻过村的、即将驻村的、向往驻村的和对驻村工作给予关怀帮助的领导们、同事们、朋友们，并与之共勉！

著　者

2016年2月于拉萨

图书在版编目（CIP）数据

格桑花开/王静敏著． —西安：西北工业大学出版社，2016.9(2020.1重印)
ISBN 978-7-5612-5034-1

Ⅰ.①格… Ⅱ.①王… Ⅲ.①纪实文学—中国—当代 Ⅳ.①I25

中国版本图书馆 CIP 数据核字(2016)第 217205 号

策划编辑：蒋民昌
责任编辑：蒋民昌

出版发行：西北工业大学出版社
通信地址：西安市友谊西路 127 号　　邮编：710072
电　　话：(029)88493844　88491757
网　　址：http://www.nwpup.com
印 刷 者：陕西金德佳印务有限公司
开　　本：710 mm×1 020 mm　　1/16
印　　张：9.625　　彩插：10
字　　数：102 千字
版　　次：2016 年 9 月第 1 版　　2020 年 1 月第 2 次印刷
定　　价：38.00 元